ベリーズ文庫

# 悪役幼女だったはずが、
# 最強パパに溺愛されています！

朧月あき

JN250333

STARTS
スターツ出版株式会社

目次

# 悪役幼女だったはずが、最強パパに溺愛されています！

リシュタルト・ランザーク・ブラックウッド
泣く子も黙る、オルバンス帝国の皇帝。時に狼の姿にもなる獣人。血の繋がっていない娘・ナタリアを疎んでいて!?
ナタリア・ベル・ブラックウッド
オルバンス帝国の皇女。生後6カ月で前世の記憶を取り戻し、ラノベの悪役幼女に転生したと知るけれど…!?

# 悪役幼女だったはずが、最強パパに溺愛されています!

CHARACTER INTRODUCTION

**ギル**

ナタリアの家庭教師。
そのわりに、雰囲気は高貴で!?

**レオン**

ナタリアの兄・皇太子。
過保護なまでにシスコン!

**ダスティン**

トプテ村村長。一見ダンディで
紳士的な男性だけど?

**アリス**

ラノベのヒロイン。
レオンの運命の人のはずが…?

**イサク**

獣操師。元獣騎士団の頭で、
武勇伝は星の数ほどある!

**カミーユ&オーガスト**

港町の食堂の名物夫婦。
客の前でもイチャイチャ♡

**ロイ**

リシュタルトの番犬。
獰猛だけどナタリアには懐いて?

**ユキ**

猛獣ドラドの子。
母を亡くしナタリアが育てることに。

悪役幼女だったはずが、
最強パパに溺愛されています！

# 第一章　獣人皇帝、娘を嫌う

大陸の四分の一を占めるオルバンス帝国は、強大な軍事力を有し、産業の発展が著しく、海産物や農作物も豊かである。獣人と人間が共存するこの世界で、もっとも栄えている国だった。

大帝国のトップに君臨しているのは、泣く子も黙る獣人皇帝リシュタルトだ。

銀色の狼の耳に、同じ色の光り輝く髪、月の光に似た金色の瞳。

圧倒的な武力と知力だけでなく、ときには残酷とも称される怜悧な判断力で、厳粛かつ平穏に国を統治していた。

その偉大なる獣人皇帝が住まう王宮敷地の外れに、ほかの建物とはあきらかに様相が異なる質素な離宮があった。

その中では今、ふたりの侍女が大騒ぎしている。

「ああっ、またナタリア様が脱走したわ！」

「リシュタルト様に見つかったら大変！　早く見つけるのよ！」

離宮から、お仕着せ姿の獣人と人間の女が飛び出してきた。小さな影が見当たらないかと、辺りにくまなく目を配っている。

「う〜、あば〜」

一方その頃、侍女たちが必死になって探している皇女ナタリア(一歳)は、白のロンパース姿でよちよちと森の中をさまよっていた。

裏口から続くこの森は、侍女たちがいる場所から見えない。いつもは入口から脱走していたがすぐに見つかっていたため、今日は裏口にしてみたのが功を奏したようだ。

「きゃきゃっ、むふっ!」

邪魔者が追いかけてくる様子はなく、ナタリアははしゃぎながらよちよちと森の中をさまよった。

生まれてからずっと、あの冷たい石造りの建物に閉じ込められて育ってきたのだ。

ベビーベッドと玩具しかない空間には、とっくにあきている。

ここではない別の場所に逃げたいと思うようになったのは、首の据わった生後三ヶ月の頃だった。

ハイハイができるようになった生後六ヶ月あたりから繰り返し脱走を試み、よちよち歩きができるようになった今、ついに成功したわけである。

テンションが上がらないわけがない。

「きゃいきゃい、ひゃはっ」

生い茂る緑の木々、澄んだ青い空、みずみずしい植物の香り。

小さな身体いっぱいに自然の恵みを感じながら、ナタリアは土の上を歩き続けた。

伸びかけの茶色いくせ毛は風にそよぎ、もちもちとした白い頬は興奮で赤みがさしている。

と、足先まですっぽり覆っているタイプのロンパースの足がもつれた。

どうやら、調子に乗りすぎたらしい。

——ズサッ。

頭から思い切り地面に転んだナタリアは、びっくりしたのと痛いのとで、ヘーゼル色の大きな瞳をうるうるさせる。

「ふえっ、ううっ……」

ぶるりと肩が震え、大声で泣きそうになったとき、視線の先になにかがいるのに気づいた。

「あぶ？」

小高く盛り上がった丘のようなところで、銀色の狼がじっと彼方を見つめている。

たくましい四肢に、輝く銀色の毛並み、凛々しい立ち姿。

月の光に似た金色の瞳は、赤ん坊のナタリアでさえくぎ付けにする威力があった。

物思いにふけっているのか、狼はナタリアには気づいていないようだ。

「あい～」

ナタリアは泣くのを忘れ、その美しい生き物に見とれた。

絵本の中の狼は、何度か目にしたことがある。だが絵で見るよりもずっと大きく神秘的で、そしてなによりあの毛がものすごく気持ちよさそう。

なんていうんだっけ、ああいうの。えーと……。

「もふ、もふ……？」

（モフモフ……！）

そのとき、ナタリアの脳裏に閃光がはじけ、鮮明な映像が浮かび上がった。

モフモフの黒い毛並み、ものすごい勢いでこちらへと迫ってくる大型トラック。

ナタリアは精いっぱい目を見開く。

――『ああ、モフモフ最高……』

そうだ。

たしか、自分が人生の最期に発したセリフはそれだった。

残業でへとへとだった大雨の夜。

家族はいない、彼氏もいない、趣味も楽しみもない。ひたすらパソコンと向き合うだけの社畜の自分は、癒しを求めるように、目の前を横切った黒いモフモフの犬に見とれていた。

あの毛にモフッとしたい。

無心でそう思った直後、黒モフ犬が車道に飛び出し、とっさにかばって代わりに死んだのだ。

今にして思えば、最期にモフモフを堪能できたのがせめてもの救いである。

(私、生まれ変わったってこと?)

土の上に投げ出された、むちむちの小さな手。

いかにもベビーといった雰囲気の、ロンパース姿の自分。

よちよちと歩き、口を開けばバブバブ感満載の言葉が飛び出す。

どう考えても、紛れもなく赤ちゃんだ。

(ひょっとして、人生やり直しのチャンス?)

思わぬ状況に気持ちが昂《たかぶ》る。

人生やり直したいと、前世で何度思ったことだろう。それが現実に叶うなんて。

舞い上がっていると、突然、横の茂みがガサッと揺れた。

驚いて小さな身体をビクッとさせたが、それきりなにも起こらない。

タヌキかウサギでもいたのだろう。

「いたわ、あそこよ！」

背後から侍女の声が聞こえ、ナタリアは我に返ると同時にがっかりする。

もう見つかってしまったようだ。

楽しい逃亡劇はおしまいだが、自分が転生者だということに気づいたのは大収穫である。

銀色の狼は、ナタリアが目を離した隙にどこかに消えていた。

「んもうっ、ナタリア様、探したんですよ！　ああっ、こんなに泥だらけになって！」

獣人侍女のドロテが、突っ伏していたナタリアを抱き起こす。

（ナタリア？　そっか、今の私ってそんな名前だったっけ。ていうかここどこ？ヨーロッパかしら）

生まれ変わりを自覚した今、今度こそ人生を失敗しないためにも、まずは置かれている状況を判断しないといけない。

「リシュタルト様に見つかったらどうするんですか!?　『絶対に俺の目に入らないよう

閉じ込めておけ』と念を押されているというのに！」

人間の侍女のアビーが、物真似《ものまね》のような口調で言いながら、ナタリアのロンパースについた土を払う。

(リシュタルト？　ああ、きっと今の私の父親ね)

そういえば、その名前を今まで何度も彼女たちの口から耳にした。侍女を抱えるほどだから、かなりのお金持ちなのだろう。ヨーロッパの富豪の娘ということは、将来を約束されたも同然である。

なんてラッキーな転生先！

前世のふがいなさを哀れんで、今度こそ神様が幸運を与えてくれたに違いない。

むふふ、とナタリアは笑いが止まらなくなる。

「さあ。戻りますよ、ナタリア様」

すると、ひょいとドロテに抱き上げられた。

彼女の頭上にある茶色い三角耳が、よりはっきりと目に映る。

(そういえば、ドロテってなんで犬耳カチューシャしてるのかしら？　コスプレが趣味だとしても、仕事中にこんな格好をしてよくクビにならないわね)

不審に思っていると、ドロテの三角耳がピコピコ動く。なんて精巧なコスプレグッズ……じゃなくて、よく見たら頭からしっかり生えていた。まさかの本物のようだ。

（え、ドロテって獣人ってやつ？　アビーは人間だけど……。なんかこういう特殊な世界観、どこかで見たような）

なぜか、心がモヤッとした。

目線の高くなったナタリアの視界に、今度は黄金の尖塔をいただく壮観な王宮がドドンと映り込む。その瞬間、ナタリアはサーッと顔を青くした。

（待って待って！　これって、〝モフ番《ばん》〟の世界なんじゃないの⁉　だとしたら、〝ナタリア〟って――）

『超絶美形なモフモフ皇太子の番《つがい》になりました』――たしか、そんなタイトルだったと思う。

前世で読んだ、獣人と人間の共存する異世界を舞台としたライトノベルである。

獣人皇帝の城で働くことになった洗濯係の少女が、イケメン獣人皇太子の番となって溺愛され、様々なトラブルに見舞われるが、チート力で国のピンチを救ってめでたく皇太子と結ばれる……という内容だった。

仕事ばかりの日々の合間に癒しを求め、なんとなく読んだだけなので、細部までしっかり覚えているわけではない。

それでも世界観や、登場人物の名前、表紙にあったオルバンス帝国の王宮のイラストは覚えていた。

ヒロインの名前はアリス。小説の中では十七歳くらいだった。

ヒーローの獣人皇太子は、ナタリアの兄レオンである。

そしてあろうことか、ナタリアはレオンの妹にして、ラストで断罪される悪役令嬢だったのだ。

(兄のレオンに恋して、恋人のアリスをいじめて、父親の皇帝リシュタルトの怒りを買って投獄されるのよね)

そのうえ、牢屋の床で滑って転んで死んだ、みたいなことがサラリと書かれていたような。なんて雑な展開、と吹きだしたのを覚えている。

だが、今は全然笑えない。

つまりせっかくお姫様に生まれ変わったというのに、悪役令嬢として忌み嫌われた挙句、また若くして死んでしまう運命が待ち受けているのだ。

「ああああ……っ！」

「ドロテ、ナタリア様が赤ちゃんとは思えないダミ声で唸ってるわ！」

「まあ、変な実でも拾って食べたのかしら？」

絶望の雄叫びを上げているナタリアを、ドロテとアビーが心配している。

（とにかくすぐにでもこの城から逃げ出して、主人公アリスに会わないようにしないと！）

アリスが現れたら、ナタリアの運命はバッドエンドに向けて急降下の一途をたどるのだから。

生まれてすぐから、ずっと逃げ出したいと思っていたのは、潜在的にこの先の悲運を予感していたからなのかもしれない。

「あいっ！　あいあいっ！（降ろして！　降りたいんです！）」

必死にドロテの胸元をドンドンとたたくが、赤ん坊の小さな身体で暴れたところで、どっしり体型の彼女はびくともしなかった。

「これだけ元気なんだから大丈夫よ、アビー」

「それもそうね。もう二度と脱走しないように今まで以上にしっかり見守りましょ！」

「あい〜っ、あいあい！（そんな〜っ！　死にたくない〜！）」

抵抗むなしく、ナタリアはあっさりと離宮に連れ戻され、ベビーベッドの中に放り込まれたのである。

死にたくない。どうにかして生き延びたい。

「あぶばばば……」

ベビー布団でふて寝をしながら、ナタリアは悶々と考えた。

ナタリアはアリスをいじめたから、彼女のチート力にほだされた皇帝リシュタルトによって投獄された。そしてあっけなく死んでしまう。それなら――。

(そうよ！　アリスが現れても絶対にいじめず、仲よくすればいいのよ！)

なにも知らないナタリアなら、この先超絶美形の兄に恋をし、嫉妬からアリスをいじめていただろう。

だが、今のナタリアは違う。

いじめた代償に自分の死が待ち受けていると分かっているのだから、絶対にアリスをいじめない。仲よくなってみせる。もしくは、一切関わらない。

考えてみれば、解決方法はいたってシンプルだった。

「あ～い、あいあい～(なんだ、慌てる必要ないじゃない)」

一件落着とばかりに、ナタリアは微笑みながら小さな手でぱちぱち拍手をする。

だが次第に、再びもやもやとした不安感に襲われた。

(……でも、そんなにうまくいくかしら？)

なにせ、アリスは小説の主人公。この世界は、いわば彼女のために存在する。

そしてナタリアは、彼女の魅力を引き立てるために登場する悪役令嬢。

ようは当て馬だ。

なにも行動しなくても、なんらかの力が働いて、いつの間にかいじめたことになってしまうのではないだろうか？

（無実の罪で断罪されて死ぬなんて、無念すぎるわ）

未来の哀れな自分の姿を想像し、ナタリアはぞっとする。

やはり、アリスに出会う前に逃げ出した方がいい。その方が確実に人生安泰だ。

（でも、逃げ出せたとしても、こんな赤ん坊がどうやって暮らしていくの？）

考えてみれば、今逃げ出したところで、言葉すらろくに話せないナタリアがひとりで生きていけるわけがない。

悪い大人に捕まって売り飛ばされ、投獄されるよりも最悪な人生が待ち受けている可能性だってある。

逃亡するのは、ある程度の年齢になってからの方がいいだろう。〝モフ番〟の中でナタリアとアリスが出会うのは、たしかナタリアが十五歳の頃だったから、それまでには逃げ出したいところだ。

でも——。

(赤ちゃんよりはましだけど、その年齢でもまだきついわよね)

十五にも満たない少女が、なに不自由なくひとりで生きられるだろうか？

無理ではないが、それなりの苦労は覚悟しないといけないだろう。

(ああ、また前世と同じような人生を歩むのか)

「ばぶぅ……」とナタリアはため息をつく。

前世のナタリアは苦労人だった。

ろくでもなかった父親が幼い頃に蒸発し、母親も中二のときにいなくなり、ひとりでつつましく生きてきた。

親の援助でなに不自由なく暮らしている同級生を見るたびに、うらやましいと思ったものである。

(——ん？　親の援助？)

「あば〜っ！(そうだ！)」

貧乏だった前世とは違って、今のナタリアは皇女なのだ。

〝獣人皇帝リシュタルト〟というこれ以上ないほどの権力と財力を備えた父親がいる。

彼から援助を受ければ、一生楽して暮らせるはず。

(アリスが現れる前にリシュタルトに気に入られて留学させてもらえばいいのよ！

そらならお金に困ることなく、アリスから離れて悠々自適に暮らせるわ)

そのためには、冷血漢と名高い彼に気に入られないといけないという関門があるけど……。

(できるかしら？　あっ、そういえば……)

〝モフ番〟の中で、アリスは見事に鉄壁の彼の心を動かした。

どんなに冷たくされようと、明るさを忘れず、毅然とリシュタルトに立ち向かったからだ。

彼は明るくて強い心を持った者を好むらしい。

小説の中のナタリアはネチネチとした性格だったから、父親に愛されることなく、あんな結果を招いたに違いない。

明るくて強い子になって、パパにたっぷり愛されよう！

「あば、ぶっ！(よしっ、やるかっ！)」

ナタリアはベビー布団の上にコロンとお座りすると、むぎゅっと小さな拳を握りしめた。

それからナタリアは、リシュタルトの来訪を待ちわびた。

だが、一向に現れる気配がない。

考えてみれば、生まれてから一度も彼に会った記憶がない。

(あれ? もしかして、会いたくないほど嫌われてる? まだ赤ちゃんなのに、そんなことってあるのかしら?)

「リシュタルト様は、ナタリア様をこのまま一生閉じ込めておくつもりなのかしら?」

積み木を高く積み上げながら考え込んでいると、ドロテと世間話中のアビーの声がした。ナタリアは、ピクッと耳をそばだてる。

「きっとそのおつもりよ。お顔を見るのもお嫌なのでしょう。皇妃様が不貞を働いた末に生まれた子供ですもの。人間が番だと、こういうことがあるからやっかいなのよね」

茶色の耳をぺたんとさせながら、ドロテが答えた。

「今さらだけど、不貞って処刑するほど罪なこと? 皇妃様を処刑したのは、さすがにやりすぎじゃない?」

「そんなことないわ。獣人にとって番に裏切られることは、心臓を引き裂かれるのと同じ苦しみなの。錯乱して、大量虐殺を働いた獣人もいるくらいよ。皇妃様だけを亡き者にしたリシュタルト様は、まだマシなくらいだわ。結果、異性を愛せなくなった

「異性を愛せなくなったってどうして？　不貞を働かれて、ショックを受けたから？」

「いいえ、体質的にもう無理なのよ。番と死別した獣人は、繁殖対象として異性を愛せない身体になってしまうの。一生を孤独に過ごす定めなのよ」

気の毒な方なの」

（……へ？　番⁉　不貞⁉　処刑⁉）

番の設定については、〝モフ番〟の序盤に記されていた。

獣人には、本能によって認知される〝番〟と呼ばれる存在がいる。

番は、いわば運命の相手。

身分も容姿も性格も関係なく、唯一無二の伴侶として溺愛される。

番には、獣人だけでなく、ときに人間も選ばれることがあった。

だが番の認知力はあくまでも獣人にしかなく、獣人同士なら問題ないが、人間が番の場合、必ずしも相手から同じように愛されるわけではない。

ナタリアの母は、人間だったのだろう。

リシュタルトと結婚して皇妃となったものの、人間の男と浮気をしてナタリアをもうけ、怒り狂ったリシュタルトに処刑されたというのだ。

つまり、ナタリアとリシュタルトに血の繋がりはないらしい。

（実は本当の親子じゃなかったなんて、致命的じゃない）

そういえば、ナタリアに獣耳や尻尾はない。

リシュタルトは獣人だが、ナタリアは人間なのだ。

うっかりしていたが、本当の親子でないことは一目瞭然。

つまりナタリアは、生まれながらにしてリシュタルトに憎まれている忌み姫というわけである。

〝モフ番〟には、悪役令嬢ナタリアの生い立ちなど詳しく書かれていなかったから知らなかった。

ひょっとして〝モフ番〟のラスト、リシュタルトがナタリアにあっさり投獄を言い渡すのも、そもそも忌み嫌っていた血の繋がりのない娘、という事実が根底にあったからかもしれない。

ゼロどころか、マイナスからのスタート。

絶望的な状況に気づき、ナタリアの身体からガクッと力が抜けていく。

もはや、泣く気力すらない。

（詰んだ……）

――ゴンッ。

フラリと倒れたときに、思い切り後頭部を強打した。

「たいへん！　ナタリア様が頭を打ったわ！」

アビーが慌てて抱き起こすと、ドロテがたしなめるように言う。

「大丈夫よ、アビー。赤ちゃんが頭を打っても、元気に泣いてて顔色がよかったら問題ないわ。――って、まったく泣いてなくない⁉　しかもお顔が真っ青！　早く王宮医のところに連れて行かなくちゃ‼」

毛布でぐるぐるにくるまれ、外に連れ出された。完全に生きる気力を失ったナタリアは、死んだ魚のような目でぐったりしている。

「ああ、お顔がどんどん真っ青になっていくわ！　どうしましょう⁉」

「とにかく急ぐのよ、アビー！」

するとと、道中で少年の声がした。

「慌ててどこ行くの？　その毛布はなに？」

「あら、レオン様！　こちらは妹のナタリア様です！」

「転んで頭を打たれて、王宮医に見せに行くところなんですよ！」

死んだ魚の目のまま、ナタリアは思考だけを機械的に働かせた。

（レオンって、もしかして〝モフ番〟のヒーローの？　つまり私のお兄様？）

え、と戸惑うようなレオンの声がした。

「僕に妹なんていたの？」

しまったという顔を、ドロテとアビーが互いに見合わせた。

おそらく、ナタリアの存在は彼には秘密だったのだろう。

レオンは、リシュタルトと彼の初婚の獣人皇妃との間にできた皇子だ。

レオンの母は、リシュタルトがナタリアの母と再婚してすぐに亡くなっている。

「あ、いえ、聞き間違いでは？」

「急ぎますのでこれにて」

ホホホと誤魔化し笑いをしつつ、レオンから逃げようとするドロテとアビー。

だが、レオンが「見せて！」と駄々をこね始めた。

あまりにも大声でわめくものだから、アビーはしぶしぶ毛布の中のナタリアをレオンに見せる。

ナタリアの視界いっぱいに、金色の獣耳を持つ金髪の少年の顔が映し出された。

形のよい眉に、綺麗なアーモンド形の目、アイスブルーの瞳。

八歳という子供ながらも、後光が射すような兄のイケメンぶりに、ナタリアは目を瞠《みは》る。

「あば、あぶば！（さすが、ヒーロー！）」

思わず手を伸ばすと、レオンが反射的にナタリアの小さな手を握った。

「きゃきゃきゃっ！」

ナタリアの中の赤ちゃんの本能が、レオンがぎゅっとしてくれたのを喜んでいる。

きゃぴきゃぴと笑い続けるナタリアを、レオンは食い入るように見つめた。

「あら、ご機嫌になったわ。顔色もいいようで」

「この調子なら、王宮医に診せなくても大丈夫なんじゃない？」

突然元気になったナタリアを見て、ドロテとアビーがホッと胸を撫で下ろしている。

ナタリアの手を握ったまま、レオンが表情をほんわりとさせた。

「ナタリア、お兄様だよ。お兄様って呼んでごらん？」

「無理ですよ、レオン様。ナタリア様はまだ言葉をお話しになられないのです」

「そうなの？　喋る日が待ち遠しいなあ」

ナタリアを見つめるレオンの目尻が、ゆるゆると下がっていく。

（あら？　もしかしてレオン少年は赤ちゃん好き？）

そういえばレオンは、優しくて温厚な、絵に描いたような王子様キャラだった。優しすぎて、ナタリアがアリスをいじめていることに気づかなかったり、ちょっと頼りないところもあったけれど。

出会って間もない妹にデレデレのレオンの様子に、ナタリアは微かな希望を見いだす。

(そうだ。まずはレオンのお気に入りになればいいのよ)

そして折を見て、本宮に移り住みたいと頼むのだ。

本宮に住めば、リシュタルトとも出会えるはず。

(父親に嫌われているとはいえ、まだ一歳なのに、あきらめるのは早いわ。やれるだけのことはやらなくちゃ)

どうにか生きる気力を取り戻したナタリアは、まずは手始めにレオンの手をぎゅっと握り返した。

「おにいたま」

小首を傾げながらあどけなく言うと、ドロテとアビーが口々に驚きの声を上げた。

「喋った！　ナタリア様が喋ったわ！」

「なんと喜ばしいことでしょう！　これまで一度も言葉らしい言葉をお喋りになられなかったのに！」

ナタリアは調子に乗って、「おにいたま、おにいたま」と連呼する。

レオンが、はちきれんばかりに目を見開いた。

「ナタリアの初めての言葉が〝お兄様〟……？」

「ええ、ええ！　よほどレオン様のことを気に入られたのでしょうねぇ！」

ドロテが歓喜すると、レオンの頬にほんのり赤みが差した。

彼のまだかわいらしい金色の尻尾が、上機嫌に揺れ動く。

「そうか、それはうれしいな」

分かりやすく、顔をデレッとさせるレオン。

「ああ、かわいいな。ナタリアは僕のことが大好きなんだね」

より力を込めて握り返された手は痛いほどで、容易にはほどけそうにない。

この調子なら、思った以上に早く落ちてくれそうだ。

無邪気にきゃっきゃと笑いながら、ナタリアは心の中でほくそ笑んだ。

それからというもの、レオンは時間があればナタリアに会いに離宮に来るようになった。

絵本を読み聞かせたり、自分が幼い頃に遊んだ木製の動物フィギュアを持ち込んだりして、ナタリアの相手をしてくれる。

出会うなりすっかり自分に懐いた妹が、かわいくて仕方ないようだ。

おかげでナタリアのお喋りはぐんぐん上達していった。

「ナタリア、これは狼だよ」

「おおきゃみ」

「そしてこれは、狼よりも強いドラドだ。獣の中で最強なんだよ」

レオンが、大きい狼のような獣の木製フィギュアを見せてくる。

「どらど？」

「そう、上手だね」

この世界には、獣がたくさん生息している。

中でも巨獣ドラドは希少種であり、ところによっては神のように崇拝されていた。

「おにいたま、こりぇ」

「ん？　次は本を読んでほしいのかい？　ナタリアは勉強好きでえらい子だね」

子猫のように懐いてくるナタリアを自分の膝に座らせ、レオンが甘い声を出す。

「レオン様が遊んでくださるようになってから、すっかりお利口になられましたわね」

「お会いするのがよほど楽しみなんでしょうね、毎日のように脱走されていたのが嘘のようにおとなしくなられましたわ」

ドロテとアビーが口々にほめたたえると、レオンは照れたように頬を赤らめるのだった。

半年もすれば、ナタリアは『誰に、なにを、してもらいたい』といった三語文まで喋れるようになっていた。子守り経験豊富なドロテ曰く、異様なほど成長スピードが速いらしい。

ドロテもアビーも、今では「ナタリア様は天才かもしれない！」と日々大騒ぎしている。

「きっと、この国が始まって以来の神童よ！　家庭教師をつけてさしあげなくちゃもったいないわ！　ドロテ、誰か探してきましょうよ！」

「でも、そんな勝手なことをして大丈夫かしら？」

「リシュタルト様は、ナタリア様を離宮から出さないようにとだけ私たちに命ぜられたのよ。家庭教師をつけるなとは言っていないわ」

「それもそうね」

盛り上がったふたりは、さっそく家庭教師探しに乗り出しているようだ。逃亡のためになるべく早く知識を蓄えたいので、ナタリアにとっても家庭教師をつけてもらえるのはありがたい。

ある日のこと。

ナタリアはレオンに抱えられ、窓から外を眺めていた。

視線の先では、真昼の光に照らされ、幾重もの尖塔を連ねる王宮が黄金色に輝いている。あの本宮に真の攻略対象であるリシュタルトがいると考えただけで、胸がうずいて仕方がない。

(一日でも早く、リシュタルト……いや、お父様にお会いするチャンスをつかまないと)

ナタリアはレオンにぎゅっと抱き着くと、舌足らずな口調で言った。

「おにいたま、だいしゅき」

一歳半を過ぎたナタリアは、赤ちゃんから幼女へと変わりつつあった。

ウェーブした茶色い髪は顎先まで延び、ヘーゼル色の瞳を縁取るまつ毛もフサフサとしてきている。

今着ているフリルがふんだんにあしらわれた真っ白なドレスワンピースは、最近過保護気味のドロテとアビーが仕立ててくれたもので、ナタリアの天使のように愛らしい容姿にぴったりだった。

「ナタリア……」

レオンが、身体をブルブルと震わせている。

彼のアイスブルーの瞳が、焦がれるようにナタリアに向けられた。

「もう一度言ってくれないか？」

「だいしゅき、おにいたま」

もちもちの頬を、彼の頬にすりすりする。

たまらないといった表情で、レオンがきつくナタリアを抱きしめ返した。

「ああ、なんてかわいいんだ、僕の天使」

「てんし？」

「そうだよ、天使だ。大天使ナタリアだ」

（完全に落ちたわね）

もとより心優しいレオンのことだ、攻略はたやすかった。

次のステップに進むときがきたとナタリアは確信する。

「おにいたま、おねがい、ありましゅ」

「なんだい？　なんでも言ってごらん」

ナタリアの突然の敬語に、レオンはますます破顔した。

「おにいたまと、おなじおしろ、すみたいでしゅ」

レオンの部屋は、リシュタルトと同じ本宮にある。

かわいい妹に一緒に住みたいと言われ、レオンが喜ばないわけがなかった。

「そうか、そんなにお兄様の近くに住みたいか。ナタリアは甘えん坊だなぁ」

頬を人差し指でタプタプされる。

「そんなに住みたいなら、父上に頼んであげようか？」

思った通り好感触だ。

（よし、あともうひと押し！）

ナタリアはうんうんと激しく頷いた。

「おしろで、たくさんのひと、あいたいの」

――だが、これがいけなかったらしい。

「たくさんの人に会いたいだって？」

レオンの顔から、スッと笑みが消えていく。

押し黙ったあと、彼は大きくかぶりを振った。

「だめだ。やっぱりやめとこう」

「へ……？」

「ナタリアは僕だけの天使だ。僕以外の人間が抱っこするとか頬ずりするとか、考えただけで腹立たしい。君はこのままずっと離宮にいるべきだよ」

（えええっ……！）

温厚な王子様キャラだったレオンに、なぜかヤンデレ要素が加わっている。

これはいったい、どうしたものか。

「おにいたま……」

「分かった？　僕がこうやって毎日会いにくるから、寂しくないだろ？」

向けられたレオンの笑顔は爽やかだけど、目が笑っていない。

これは予想外の展開である。

でも――。

（それだけ愛されてるってことよね）

愛に飢えているナタリアは、一瞬だけ目的を忘れ、兄のヤンデレ愛を心地よく感じた。

だが、すぐにいやいやと思い直す。

レオンはこの世界のヒーロー。

この先現れる主人公アリスを無条件に愛するために存在している。

アリスが現れたら彼女以外目に入らなくなり、ナタリアのことなどどうでもよくなるのだ。なにせアリスは、彼の唯一無二の番なのだから。

〝モフ番〟の中で、ナタリアがリシュタルトに投獄を言い渡された際、彼はあっさりアリスの肩を持った。

『お前のことはもう妹とは思わない。僕にはアリスだけだ』――そんな無慈悲な言葉とともに。

この先訪れるであろう展開が容易に頭に浮かび、ナタリアはぞくりと震えた。

自分を抱きしめているまだ少年の彼にすら、嫌悪感がこみ上げる。

今は優しくても、彼はいずれナタリアの敵となるのだ。

入口の方でなにやら声を上げているドロテとアビーも、いつか自分を嫌うのだろう。

ナタリアは悪役令嬢で、嫌われるために、この世界にいるのだから――。

ブルーな気持ちになっていると、頭上に影が差した。

いつの間にか、見たことのない人間の青年が間近に立っている。

年は、十代後半といったところだろうか。

癖がかった黒髪に細面の、整った顔立ちをしていた。切れ長の目に、蠱惑的《こわくてき》なバイオレットの瞳。スラリと背が高く、グレーの縁取りのあしらわれた黒の燕尾服をタイトに着こなしている。

「お言葉ですが、レオン様。ここで一生を過ごされるのはナタリア様のためにはなりません」

「誰だ、お前？」

突然現れた青年に、レオンが警戒心をあらわにする。

「申し遅れました、私はギルと申します。本日よりナタリア様の家庭教師を申しつかりました」

ギルの背後では、ドロテとアビーがにこにこと笑みを浮かべている。

どうやら本当にナタリアの家庭教師を見つけてきたらしい。

「家庭教師？　勉強ぐらい僕が教えてやるのに」

ヤンデレ兄は、見るからに不服そうだった。

唇を尖らせ、ギルをじろじろと眺め回している。

「レオン様、ナタリア様はこの国の皇女なのですから、しかるべき教育環境が必要です。ナタリア様の将来を思うなら、まずはさまざまな人と触れ合うべきでしょう。離宮に閉じこもり知識だけ蓄えても、真の淑女にはなれません」

こんなキャラ、〝モフ番〟には出てこなかった。

おそらく、ナタリアサイドのみに現れる裏の登場人物なのだろう。

(誰だかよく分からないけど、とにかく救世主だわ！)

これはチャンスとばかりに、ナタリアは行動に打って出る。

「ナタリア、おしろすみたい。ぎりゅ、すきなの」

抱っこしてと言わんばかりに、ギルに向かって両手を広げた。

「おや、うれしいことをおっしゃってくださいますね」

ギルが優美な笑みを返してくれる。

思わずドキリとするような艶のある笑顔だった。

「な……っ！」

嫉妬心を煽られたレオンは、ナタリアがギルに近づかないよう、彼女を抱っこしたまま一歩後退した。それから必死の剣幕で、ナタリアに一言一句言い聞かせる。

「いいか、ナタリア。この人にそんな権限はない。単なる家庭教師だからね。僕が父上に言って、君がお城に住めるようにしてあげるから。この僕が！　分かったかい？」

この僕が！と再び念を押され、ナタリアはこくこくと頷いた。

「おにいたま、ありがと。だいしゅき」

レオンがホッとしたように肩の緊張を緩める。

（ギルのおかげで助かったわ。そしてお兄様、なんて扱いやすいのかしら。思った通りに動いてくれる）

この城を正々堂々と出て行くその日まで、レオンをとことん利用しよう。

そんなことを考えながら、ナタリアは兄に向かってあどけなく笑いかけた。


その日のうちにレオンはリシュタルトに掛け合ってくれたが、ナタリアが本宮に移る許可は下りなかった。

リシュタルトは、それほどまで娘のことを嫌っているのだ。

だが、収穫はあった。

敷地内であれば、ナタリアが出歩くことを許したのである。

ナタリアを膝の上に乗せ、茶色い髪を優しく撫でながら、レオンはそれについて教えてくれた。

「離宮から出られなくてごめんよ。父上はナタリアのこととなると、厳しい顔をするんだ。ナタリアは知らなくていいことだけど、過去にいろいろあったらしくてね」

年端もいかないというのに、どうやら彼は、自分の父親の身に起きた複雑ないろいろを分かっているらしい。

「でも大丈夫だよ、ナタリア。いつだって、僕が君を守ってあげるから」

レオンが、アイスブルーの瞳を細める。

ナタリアは、話の流れをなんとなく理解した。

リシュタルトはレオンの母と政略結婚したが、その後、番であるナタリアの母に出会った。リシュタルトはレオンの母と離縁し、番の本能そのままに、ナタリアの母を新たな皇妃として迎えた。

前世の感覚ではありえないことだが、獣人のいるこの世界では、番と出会ってしまったなら離縁されても仕方がないという考えがまかり通っている。

レオンの母は離縁に承諾したものの、心に深い傷を負い、床に伏してそのまま他界した。もとより身体が弱かったらしい。

〝モフ番〟の中で、リシュタルトがそういった過去に罪悪感を抱いている様子が描かれていた。そのため、非道と恐れられている彼も、レオンのことだけはいくらか気にかけているようだった。

つまり、リシュタルトはほかならぬレオンが頼み込んだから譲歩したのだ。

「おにいたま、わたし、おそと出たいでしゅ」

感謝の気持ちを込め、キラキラとした瞳でレオンを見つめるナタリア。

「よし、じゃあ散歩に行こうか」

うれしそうに、レオンがナタリアを抱き上げた。

「お待ちください、私もお供します。ナタリア様は外に出ることに慣れておられないから、なにかあっては困りますので」

ギルが、すかさず口を挟んでくる。

「ぎりゅもくるの？」

「はい」

「ほんと？　うりぇしい！」

家庭教師のギルは、ようやく二歳を迎えようとしているナタリアに、言葉や数といった幼児教育にとどまらず、さまざまなことを教えてくれた。

中には政治や経済についてなど、教えるには早すぎる内容まで含まれている。

彼曰く、ナタリアは賢いからどんどん世の中のことを知るべきらしい。

そのためナタリアは、お喋りが日増しに上達するだけでなく、知識力も格段にアップしていた。

独り立ちするための知識を一日でも早く身につけたいナタリアとしては、ありがたいことである。少しでも行動をともにして、知識を吹き込んでほしかった。

だがレオンは、ギルに冷たい視線を送っている。

「お前は来なくていいよ。僕がついてるんだから」

まだ子供とはいえ、彼はこの国の皇太子。馬術に剣術、算術に史学など、一日の大半は教養スケジュールで埋まっている。ギルに比べると、一緒にいられる時間は限られていた。

少しでも、ナタリアとふたりきりの時間がほしいのだ。

それに、ナタリアがギルにすっかり懐いているのもおもしろくないらしい。

「ですが、レオン様もまだ小さくてかわいらしいですし心配です」

「な……っ！　子供扱いするな！」

レオンが、真っ赤になって憤慨した。

どうやら、彼のプライドに触るセリフだったようだ。

一方のギルは、大帝国の皇太子を怒らせておきながら、にこにこ笑顔を崩さない。

レオンが怒るのを分かっていて、言ったように思えた。

（ギルって、きっと敵に回したら怖いタイプよね）

どういう伝手でドロテとアビーが彼を見つけてきたのか知らないが、ときどき只者ではないオーラを感じる。

結局ギルの無言の圧力に押し切られる形で、レオンは彼が散歩についてくるのをしぶしぶ認めたのだった。


それから毎日のように、ナタリアはレオンとギルと一緒に、敷地内を散歩するようになった。

王宮敷地には、本宮を取り囲むように建築物が立ち並んでいる。

講堂、教会、診療所、図書室、騎士団の訓練所に宿泊所、使用人の住まう館など、施設が充実していて、まるでひとつの街のようだった。

敷地内とはいえ馬車で移動するほど広大で、芝生広場や果樹園、緑の生い茂る森もある。

ちなみにナタリアの住まう離宮は、もっとも外れにあった。

レオンに馬車に乗せてもらったり、ドロテとアビーに甘いお菓子を用意してもらって芝生広場で食べたり、ギルにさまざまな花の名前を教えてもらったり、ナタリアは散歩の時間を存分に満喫した。

城で働く獣人や人間たちは、最初ナタリアを見たとき、戸惑いの表情を浮かべた。

皇帝リシュタルトに嫌われている、噂の忌み姫だからである。

だが次第に、誰もが愛らしいナタリアの笑顔や仕草に夢中になっていく。

とりわけ美しい兄妹が仲睦まじく手を繋いで歩いている姿は魅力的で、皆が仕事の手を止めてふたりを眺めた。

けれども、ナタリアがリシュタルトに出くわすことは一度もなかった。

もしかすると、わざと避けられているのかもしれない。

（相当な嫌われようね。本当にうまくいくかしら？）

不安を募らせながらも時が流れ、気づけばナタリアは三歳を過ぎていた。

その頃のナタリアは、五歳児並みの会話ができるようになっていた。ギルのおかげで知識も豊かになり、舌足らずの愛らしい口調で一丁前に会話する姿は、たまらない愛らしさだった。

レオンのデレ具合も日に日に増している。

そしてついに、ナタリアが待ち望んだ瞬間がやってきたのである。

その日ナタリアは、レオンと一緒に、庭園の一角でボール遊びをしていた。

よく弾む赤いボールは、ナタリアの二歳の誕生日にレオンが贈ってくれたものである。

「ほらっ、ナタリア！　ちゃんと取れよ！」

「おにいさま、たかい……っ！」

レオンが空高く放り投げたボールを、ナタリアは取り損なってしまった。

てんてんとボールは弾み、薔薇園に面した緩やかな勾配の道を転がっていく。

ナタリアは水色のドレスワンピースの裾を揺らしながら、懸命にボールを追いかけた。

すると、薔薇のアーチの手前で誰かのブーツの足にぶつかり、てんっとボールが止まる。

「あの、それをとってくださいますか？」

ナタリアは、知らない人の背中に向かって、礼儀正しく言った。

高級そうな漆黒のジュストコールに、すらりと長い脚。ジュストコールの裾からはフサフサの銀色の尻尾が垂れているので、獣人だと分かる。銀色の髪の上には、同じ色の獣耳も見えた。

（銀色……？）

輝く金と銀の毛色は、高位の獣人貴族特有のものだ。

多くの獣人は、ドロテと同じような茶色か、または灰色の毛色をしている。

この城の中で、高位の獣人貴族特有の毛色をしているのは、兄のレオンとそれから――。

（まさか……）

ナタリアの心臓が、ドクンと大きく鼓動を打った。

銀色の尻尾がピクリと揺れ動き、彼がゆっくりこちらを振り返る。

銀色の髪の下で、三白眼の月色の瞳が、冷ややかにナタリアを見つめた。

幼いナタリアですら、圧倒されるほどの美貌である。

レオンの煌びやかな美しさとも、ギルのアンニュイな美しさとも違う、絶対的な美しさ。言うなれば、生気を持たない美術品のそれに似ている。触れたら怪我をするのではと恐れおののくような……。

彼は紛れもなく、冷血漢と名高い獣人皇帝リシュタルトだった。

見た目は二十代前半で、大帝国の頂点にいる男とは思えないほど若々しい。

獣人はある一定の年齢が来たら、老化が止まってしまうのだ。

とはいえ寿命は人間とさほど変わらないので、見た目だけ若いまま老衰する。

（お父様が、どうしてこんなところに……）

リシュタルトの醸し出す圧倒的な威圧感を前に、ナタリアは足がすくんで動けなくなった。彼に会ったらどういう手順で攻略するか、綿密に頭の中で計画を練っていたのに、いざとなるとあっという間にすべてが弾け飛んでしまう。

なによりも、ナタリアをまっすぐ射貫く瞳の冷たさに、背筋がぞっと震えた。

この先彼に投獄される運命が待っていることを、否が応にも思い出す。

恐怖のあまりひと言も発せずにいると、リシュタルトの片眉が怪訝そうに上がった。

「お前は――」

鼓膜を低く揺らす、うっとりするような声だった。

にもかかわらず、底知れない冷たさを孕んでいて、ナタリアはますます怖気づく。

「あ、あの、その……」

たどたどしく声を出すと、リシュタルトが不快そうに眉根を寄せた。

（どうしよう。怖くて泣きそう……）

泣いたところでどうにもならないことは分かっているのに、前世の自分の警戒心と幼女のナタリアの恐怖心が重なって、目元がうるうるしてくる。

「――ワンッ！」

そのとき、どこからともなく現れたドーベルマンのような犬が、勢いよくナタリアに飛びかかってきた。

「……きゃっ！」

瞬間、ナタリアは押し倒され、パタパタと尻尾を振る犬に顔を激しく舐められる。

「ワンッ！　ワン、ワンッ！」

なぜか興奮している犬は、ナタリアから離れる気配がない。なにがどうなっているのかさっぱり分からないナタリアは、犬にされるがままになっていた。

リシュタルトは動く様子もなく、そんなナタリアをじっと見下ろしている。

「おーい、ナタリア。ボールは見つかったかい？」

うしろから、間延びしたレオンの声がした。

犬に乗っかられているナタリアを見るなり、レオンがびくついたように足を止める。

「ロイ？　な、なんでロイが……」

青ざめながら、じりじりと後ずさりを始めるレオン。

（え、助けてくれないの？）

どうやら彼は、ロイという名のこの犬が苦手らしい。

「──ロイ、やめろ」

ナタリアが途方に暮れていたとき、空気を切り裂くような声がした。

リシュタルトだ。

そのひと声で、ロイは我に返ったようにハッハッと息を荒げていた口を閉じ、リシュタルトの元へと駆けていく。そして背筋を伸ばして、姿勢よく彼の脇にお座りした。

ようやくロイから解放されたナタリアは、顔を掌でぬぐいながら起き上がる。

すると、リシュタルトとばっちり目が合った。

ナタリアを見る目つきは相変わらず冷たいが、暴言を吐く様子はない。

ほんの少し安心したせいか、ナタリアはようやく、計画していたリシュタルト攻略方法を思い出す。

とにかく、臆病なところを見せてはならない。

ナタリアは気を取り直すと、ちょこんと立ち上がり、行儀よく礼をした。

「おとうさま、はじめまして。わたしは、ナタリア・ベル・ブラックウッドともうします」

礼をする角度から間合いまで、完璧にこなせた。

舌足らずなのが惜しいが、発達が未熟なので仕方がない。

仕上げににっこりとあどけない笑みを見せれば、リシュタルトの獣耳が微かに動いた。

ロイを警戒しつつ、レオンがナタリアのもとに駆け寄ってくる。

「ナタリア、大丈夫？」

「はい、だいじょうぶです」

「ロイに嚙みつかれなかったかい？」

「ペロペロされただけです」

「そうか、それは運がよかったね。ロイは父上以外には懐かない凶暴な犬なんだ。僕なんて何度もお尻を……いや、この話はよそう。とにかくナタリアの顔に傷がつかなくてよかった」

ホッとした顔を見せたあとで、レオンがリシュタルトに非難の目を向けた。

「父上、どうしてロイにナタリアを襲わせたりしたのです？　ナタリアを好ましく思っていないからといって、こんなにも小さな子にあんまりではないですか」

リシュタルトが指示して襲わせたのではない。ロイが勝手に飛びかかってきたのだ。

ナタリアは兄の誤解を解こうとしたが、それよりも早くリシュタルトが口を開いた。

「そんなところにいる方が悪い」

面倒そうに言い放ったリシュタルトは、レオンに反論するつもりはないらしい。

それから彼は、無感情な瞳でナタリアを一瞥して、ロイとともにその場から足早に立ち去った。

リシュタルト・ランザーク・ブラックウッド。

ここオルバンス帝国にて絶対的な権力を持つ獣人皇帝である。

十七歳でオルバンス王国の王となり、その六年後、圧倒的な戦略で近隣の強国を打ち負かし、三国を統一して皇帝となった男。

従う者には慈悲深いが、裏切る者には容赦ない。

リシュタルトの徹底した政策は、獣人と人間による争いの絶えなかった地域を平定し、平安をもたらした。

とりわけ三年前、不貞を働いた皇妃を無残にも処刑したことは記憶に新しい。

裏切り者には、身内ですら容赦なく手にかける彼の信念を、民は恐れると同時に崇拝した。以降、よりいっそう内乱は減ったという。

リシュタルトはそういった非情ともとれる政治手腕で大国を統制し、繁栄させてきた。

（なんて冷たい目なのかしら……）

リシュタルトに初めて会った日の夜、ナタリアは彼の瞳の冷たさを思い出して怯えた。

とてもではないが、愛しい我が子を見る目ではなかった。

ただでさえ冷酷な皇帝に、なによりも嫌われているのだと、深く思い知る羽目になったのである。

(でも、無視をされただけでひどいことは言われなかったわ)

唯一前向きに捉えられるのは、その点だけだった。

(大丈夫、手順通りにやればきっと気に入られる)

ナタリアは、心の中で自らを奮い立たせる。

そうこうしているうちにウトウトしてきて、あっという間に眠りに落ちてしまう。

成長期の身体は、睡眠をたっぷり必要としているのだった。

初めてリシュタルトに会った日から、ナタリアは不思議とよく離宮の近くで彼を見かけるようになった。

従者たちを引き連れて歩いていたり、ロイの散歩をしていたり。

リシュタルトを乗せた馬車が城外から帰ってくるのにも、何度も出くわした。

ただし、彼はナタリアとすれ違っても話しかけてはこない。

ちらりと目を向けることもない。

だが、ロイの散歩中は少し様子が違った。

リシュタルトと散歩中でも、ロイはナタリアを見つけるなり主人から離れ、まっしぐらにこちらへと駆けてくる。そしてナタリアの小さな身体に馬乗りになり、尻尾をしきりに振りながら、ペロペロと顔中を舐め回すのだ。

初めに飛びかかられたときは驚いたが、二回目からはナタリアにも余裕ができた。くすぐったくてきゃっきゃと笑っていると、リシュタルトは毎回、そんなナタリアを遠くからじっと見つめていた。

そんなとき彼は相変わらず無表情なのだが、不快そうな様子はなくて。

(少なくとも、前より嫌われたってことはなさそうね)

ナタリアはとりあえず、いいように解釈することにした。

ナタリアが三歳半を迎えた頃。

その日は朝から天気がよく、レオンとギルとともにピクニックに出かけることになった。

くるみのクッキーに、カリカリのマカロン、甘いクリームをたっぷり乗せたカップケーキ、それからラズベリージュースにレモネード。

アビーとドロテが腕をふるってくれたそれらを、バスケットに詰め込む。バスケットはギルに持ってもらい、レオンとふたり、手を繋いで離宮の裏にある森に入った。

「ナタリア、迷子になるからお兄様の手を離してはいけないよ」

「はい、おにいさま」

ナタリアは今日、薄黄色のワンピースドレスを着て、髪は黄色い大き目のリボンでツインテールに結んでいた。

「そのリボン、似合ってるよ」

「おにいさま、ありがとうございます。わたしもとても気に入っています」

このリボンは、ナタリアの三歳の誕生日にレオンが贈ってくれたものだ。

まるで蝶のように華やかで愛らしい妹の姿に、レオンはかなりご満悦のようだ。

金色のフサフサの尻尾を、終始上機嫌に揺らしている。

三人は、緑の中をゆっくりと歩んだ。

背の高いクスノキが生い茂る森は、王城の一角とは思えないほど自然豊かである。

「おや、ナタリア。あの木の上にキツツキの巣があるよ。親鳥が雛鳥に餌をあげてる、かわいいね」

　レオンが言った。

「おにいさま、どこ？」

「見えないかい？　抱っこしてあげよう」

　レオンがナタリアを抱えるが、見える範囲にキツツキなどいない。

「おにいさま、やっぱり見えないです」

「ずっと上の方だよ。よーく見てごらん」

「うーん……」

　ナタリアよりは背が高いとはいえ、レオンもまだ十歳。

　そんなに高くはナタリアを持ち上げられない。

「私にお任せください」

　するとギルが、レオンの腕の中からひょいとナタリアをさらった。

　そして、軽々とナタリアを肩車する。

「どうですか、見えますか？」

　背の高いギルは、百八十五センチくらいある。ナタリアの視線はレオンに抱っこされていたときよりも圧倒的に高くなり、今度は木の上にある巣穴がしっかり見えた。

レオンの言っていたように、頭だけ赤い鳥が、せっせと巣穴にくちばしを入れている。

巣穴の中には、ピーピーと鳴くかわいらしい雛鳥が数羽いた。

「見えた！　かわいい！」

ナタリアが声を上げると、レオンがつまらなそうに口をへの字に曲げた。妹が大好きなレオンは、ギルがナタリアを喜ばせるたびに不服そうな顔をする。

だがギルの肩の上から見る世界はまったく違って、テンションの上がったナタリアは、兄に構っている余裕などなかった。

手を伸ばせば青空が届きそうで、まるで空を飛んでいるようだ。

「なんてきれいな景色なの！」

「お気に召されましたか？　では、しばらくこのままでいましょう」

ナタリアを肩車しながら、ギルは林道を進んだ。

やがて、小さな丘のある平地に出る。ナタリアが一歳の頃、転生に気づいた思い出の場所である。

そういえばあのとき、ここで銀色の狼を見たっけ。

記憶がよみがえった衝撃で狼のことなど忘れていたが、今になってふと気になった。

「ねえ、おにいさま。このお城って、おおかみを飼っているのですか？」

「まさか、飼っていないよ。狼とドラドは、獣保護施設で大事に保護しないといけない決まりなんだ。一般家庭や、王城でも飼えない。この城にいる獣は、馬と、ロイのような犬くらいさ」

ギルの肩の上にナタリアがいることを、相変わらず不満そうにしながら、レオンが答える。

ナタリアは首を傾げた。

「でもわたし、前にここでおおかみを見たのです」

「それはあり得ないよ。見間違いじゃないのか？」

「ううん。ぜったい見ました」

「うーん。百歩譲って野生の狼だったとしても、あれだけの高さの城壁を乗り越えたとは思えないな」

「あっ、獣化した獣人だったのでしょうか？」

ナタリアは、〝モフ番〟の中で、レオンが金色の狼に獣化したことを思い出す。

もっともそれは、レオンに溺愛されているアリスに嫉妬したナタリアが、薬の力で彼を無理やり獣化させてアリスを襲わせるという非道なものだった。結果としてアリスとレオンはより仲睦まじくなり、ナタリアは悔しい思いをするのである。

「おや、よく知ってるね。ナタリアは賢いな。でも、獣化は獣人なら誰でもできるわけではないんだよ。だからやっぱり見間違いだと思う」

「そうなのですか？」

「うん。ちなみにこの城にいる獣人で獣化できるのは、僕と父上だけだ。でも、僕も父上もめったに獣化はしない。体力を消耗するからね。獣化するのは闘うときくらいなものさ」

ナタリアは、ハッとする。

（そうか、あの狼はお父様だったのね）

〝モフ番〟の中で、リシュタルトが獣化するシーンも何度か出てきた。

リシュタルトが獣化すると、ちょうどナタリアが一歳のときに出会ったあの狼のような、銀色の狼になる。

（闘うわけでもないのに、お父様はわざわざ獣化して、こんなところでなにをしていたの？　秘密でもあるのかしら？）

秘密を知ればリシュタルトの攻略に役立つかもしれないと、ナタリアは前世の記憶をたどった。だが、関連するような記述はなかったように思う。

（そういえば、ラストあたりの挿絵にお父様が描かれていたような……）

そのうちふと、そんなことを思い出した。挿絵に選ばれるということは、それなりに重要なシーンなのだろう。けれども、どんなイラストでどういうシーンだったのかは覚えていない。

（思い出せたら、お父様攻略のヒントになりそうなんだけど）

懸命に頭を捻って絞り出そうとしたが、どうしても無理だった。

空回ってばかりの自分にため息が出る。

林道を抜けると、青々とした芝生が広がっていた。

小川がサラサラと流れ、ピクニックには最適な場所である。

どこかから、馬の嘶《いなな》きが聞こえた。

「厩舎《きゅうしゃ》が近いんですよ。あとで馬を見に行きますか？」

ナタリアを肩から降ろしながら、ギルが言った。

「うん、行きたい！」

「分かりました。ですが、先におやつを食べましょうね」

元気に答えるナタリアに、にっこりと笑みを向けるギル。

敷布を広げ、おやつタイムが始まった。

「ギルはたべにゃいの？　おいひいよ」

「私は甘いものが苦手ですので」

マカロンをほおばりながら喋るナタリアを、ギルは優しい笑顔で見守っていた。

「甘いものが苦手なんて、ギルっておとなね」

「大人っていうか、老けてるんだよ」

こんなときも、レオンはギルへの対抗意識を忘れない。

（ラストのお父様の挿絵、どんなシーンだったっけ？　すごく気になる……）

その後はレオンとかくれんぼをしたものの、ナタリアの頭の中はそのことでいっぱいだった。思い出したくてむずむずするが、〝モフ番〟が手元にない今はどうしようもない。

（最後らへんは流し読みしちゃったからね。ああ～、どうしてもっとちゃんと読まなかったのよ！）

心の中で前世の自分を責めたとき、見覚えのない場所にいることに気づく。

考えごとをしている間に、迷子になったらしい。

（あれ？　ギルが待っているところはどっちだっけ？）

急こう配の坂の上に、厩舎らしき木造りの長屋が見える。

どうやら、厩舎のすぐ傍まで来てしまったようだ。

引き返さないと、と回れ右をしたときのこと。

坂から、黒い影が勢いよくナタリアめがけて駆け下りてきた。ロイだ。

「ワンッ！」

「ワンッ！　ワンワンッ！」

ギルはナタリアを見つけたらいつもそうするように、尻尾をパタパタと振って飛びかかってくる。そして勢いで地面に倒れたナタリアの顔を、ペロペロと舐め始めた。

「ふふっ、ロイ、くすぐったいってば！」

ロイの背中越しに、厩舎の手前からこちらを見下ろしている背の高い影が見えた。

風にそよぐ銀の髪、遠くにいてもひしひしと伝わる威圧感。リシュタルトだ。

（本当に、あらためて見てもきれいな人）

とてもではないが、ふたりの子持ちの父親には見えない。といってもナタリアは彼の実子ではないので、本当の子供はレオンひとりだけなのだが。

（でも、やっぱり冷たそうな人だわ）

つらい過去が原因なのは分かるが、〝モフ番〟の中のナタリアの性格がひねくれてしまったのは、間違いなく彼のせいだ。母を処刑しただけでなく、生まれてからずっとナタリアを忌み嫌い、会うことすら避けてきたのだから。

愛に飢えたナタリアが、唯一の優しさを見せてくれたレオンに恋したのは当然のことのように思う。それはやがて主人公アリスへのゆがんだ嫉妬心となって、ナタリアを破滅に追い込むのだが。

〝モフ番〟でのクライマックス、リシュタルトに投獄を言い渡されたナタリアの絶望感を思うといたたまれなくなる。小説の中で彼女は悪役令嬢だったが、見方を変えたら悲劇の皇女だ。

(今度は絶対に同じ目には遭わせないからね、ナタリア)

ロイとたわむれている間、そんなふうにナタリアの思考は完全にトリップしていた。だから、異変に気づくのが遅れたのである。

──ガラガラガラ！

間近に迫る轟音《ごうおん》に我に返ると、積み荷を積んだ荷台が、ものすごい勢いでこちらへと迫っていた。

馬から荷台を外す際、なんらかのトラブルによって暴走したのだろう。

見るからに重そうな樽がみっしりと詰まっていて、かなりの重量がありそうだ。坂を下るスピードも異様に速い。

（……え？　あんなのに当たったらひとたまりもないじゃない）

荷台が自分とロイにぶつかるまで、およそあと五秒。

前世の記憶のおかげでナタリアの思考は発達しているが、身体は幼児のままである。

瞬時に大きな荷台を避けられるような運動能力はない。

腕の中で、ロイがぶるりと震えた。

ロイも今の危機的状況を察し、怖気づいたらしい。

この身体では、怯えるロイを抱いて荷台を避けるのは無理だろう。それなら――。

（ロイだけでも助けなきゃ）

「えいっ！」

ナタリアは、力の限りロイの身体を押した。

ロイは地面に倒れ、坂を転がるようにして迫りくる荷台から離れていく。

それを見てナタリアはホッと息を吐くと、覚悟を決めた。

荷台はもう、目と鼻の先。

一瞬のうちに、この小さな身体は跳ねられてしまうだろう。

（転生人生が、こんなに早く終わるとは思わなかったわ。でも、ロイだけでも助けられてよかった）

死んでも、運がよければまた生まれ変われる。

できれば、今度は悪役令嬢なんかじゃなくて、最強のチート力を備えた主人公がいい。

どうか神様、願いを叶えてください……！

（さようなら、ナタリア）

ナタリアがそっと目を閉じたとき。

――ふわり。

突然の浮遊感が、全身を包み込んだ。

（え……？）

ナタリアは驚き、瞼を開ける。身体が宙に浮いて、芝生の上を駆け抜けていた。

首筋に感じる、力強い息遣い。

視界の隅で揺れる、ふわふわとした銀色の毛。

銀色の狼がナタリアのドレスの首根っこを咥え、迫りくる荷台から疾風のごとく離れていた。

充分に距離を保ったところで、木陰にそっと降ろされる。

ほぼ同時に荷台が大木にぶつかり、バキバキというすさまじい音をたてた。

崩壊した荷台から、ドスンドスンと樽が地面に落下する。
見上げると、月色の瞳と目が合った。
有無を言わさぬ力強さを秘めた、美しい瞳。
この目を、ナタリアは知っていた。
「おとうさま……」
銀色の三角耳がピクリと反応する。
やはり、この狼は獣化したリシュタルトのようだ。
普段から彼は美しいが、獣化した姿も美しい。
真昼の光を受けて神々しいまでに輝く銀の毛に、屈強な四肢、威圧感のある胸元。
さすが、大帝国の頂点に立つ誇り高き獣人だ。
「大変だ！　荷台が暴走したぞ！」
「怪我人はいないか⁉」
異変を知った男たちが、厩舎から次々と飛び出してくる。
（うそ？　助かった……？）
安堵から、今さらのようにナタリアの全身がガタガタと震える。
気づけば、自分たちの複雑な関係を忘れ、リシュタルトの首にむぎゅっと抱き着いていた。

彼のモフモフの毛は、柔らかくて温かかった。

前世の記憶があっても、ナタリアは所詮三歳児。世の中のものは自分よりはるかに大きく、怖いものだらけなのだ。

「ほんとは、こ、こわかったの……」

リシュタルトは、物怖じしない堂々とした者を好む。だから臆病なところを見せてはいけないのに、本音が口をついて出ていた。

本当に、死ぬかと思った。

前世で亡くなる直前の光景に、すごく似通っていたから。

「もう、怖がらなくていい」

耳元で声がする。

いつの間にかリシュタルトが狼から元の姿に戻り、間近でナタリアを見つめていた。

(初めて話しかけられた……)

あまりにも近い距離にためらいつつも、胸はじいんと感慨に浸っている。

「クウン、クウン」

なにも応えられずにリシュタルトを見つめ返していると、ロイがナタリアの足元にすり寄ってきた。

「ロイ、無事でよかった！」

ロイを抱きしめ、よしよしと撫でてやる。

自分だけ逃げてしまったことを詫びるように、ロイは悲しげな声で鳴きながらナタリアの膝をしきりに舐めていた。

「だいじょうぶよ、ロイ。あなたは悪くないわ。怖かったのに、がんばったね」

ロイに優しく言い聞かすナタリアを、リシュタルトはもの言いたげに見つめていた。

# 第二章　獣人皇帝、娘にほだされる

ナタリアの部屋を、離宮から本宮に移すよう通達があったのは、数日後のことだった。

リシュタルトは本宮の三階部分を、すべて自分の居住空間としている。気難しい彼は、自分のテリトリーに、犬のロイと、ごく一部の侍従以外入ることを許さなかった。

皇太子のレオンですら、別階である。ところがあれほど忌み嫌っていたナタリアのために三階の部屋を準備したというのだから、いったいなにがあったのかと、城は大変な騒ぎだった。

ナタリアの世話係として、ドロテとアビーも三階の出入りを許される。

憧れの本宮勤めに、彼女たちはすっかり上機嫌だ。

「見てください、このお部屋！　リシュタルト様が自ら家具などを決められたそうですよ」

「リシュタルト様も、ナタリア様の愛らしさの前では、ただのパパになってしまわれるのですね！」

鼻高々に言いながら、ふたりはてきぱきとナタリアの新しい部屋を片付けていく。

ナタリアのために用意された部屋は、寝室と勉強部屋のふた部屋だった。

寝室は、ピンクを基調とした家具や壁紙で統一されていた。花模様の彫刻が緻密に施された天蓋付きのベッドには、レースで縁取られたふかふかのクッションがどっさり置かれている。ドレープを描くカーテンにもフリルがふんだんにあしらわれていて、いかにも少女の部屋といった装いだ。

勉強部屋は、落ち着いて勉強ができるようにという配慮か、白の家具を基調としたエレガントな雰囲気だった。本がたっぷり入る書架に、充分な広さの勉強机。燦々《さんさん》と日の降り注ぐバルコニーに通ずる窓辺にはダイニングチェアセットが置かれ、読書やお茶を愉しめるようになっている。

「ナタリア様、今夜からはおひとりですが、寂しがらないでくださいね」

ドロテとアビーは、これからは使用人専用の離れで寝泊まりしないといけないらしい。

つまりナタリアは、毎夜この階にリシュタルトとふたりきりになるというわけだ。

といっても寝室は別だが、今までは考えられなかった距離感に緊張する。

（でもとにかく、ちょっとだけ気に入られたようでよかった。これで計画もうまく進荷台に轢かれそうになったときに臆病なところを見せてしまったため、嫌われたかもと落ち込んでいたけど、問題なかったらしい。

――『もう、怖がらなくていい』

あんなふうに優しく声をかけてくるような人だとは思ってもいなかった。

〝モフ番〟からは読み取れなかった情報なので、こうなってくると彼の攻略ポイントが分からなくなってくる不安があるが、事態が好転していることは喜ばしい。

「ナタリア様、そういえば今日から新しい家庭教師が来るそうですよ」

ナタリアがベッドに腰かけ、スプリングの弾み具合を楽しんでいると、アビーが思い出したように声をかけてきた。

「あたらしい家庭教師って、ギルは？　もう来ないの？」

「いいえ。あらためてギルの採用試験を行い、彼が非常に優れた家庭教師だということが認められたそうです。私たちが見つけてきた家庭教師ですもの、当然ですよね。ですからギルには、このままナタリア様の学問指導にあたってもらうそうですよ。ですが、ギルよりも適した教師がいる分野――馬術や社交ダンスなどの教師を、新たに雇うみたいです」

「リシュタルト様も、ナタリア様の賢さにお気づきになられたのですね。きちんと教育して、立派な皇女にお育てするつもりなのですわ！」

ドロテが茶色い尻尾をパタパタと振りながら、張り切って言った。

（よかった。ギルはそのまま採用なのね）

二歳になる前からの付き合いのせいか、ギルにはすっかり馴染んでいる。

彼は驚くほど知識が豊富で、ナタリアが知りたいことをなんでも教えてくれるから、これからも傍にいてほしかったのだ。

その日からさっそくギルによる語学や算術の勉強に加え、社交ダンスのレッスンが始まった。

ナタリアの一日は瞬く間に多忙となる。

夕方になって、散歩に行こうとレオンに誘われた。

ナタリアの部屋が急遽本宮に移されたことに、レオンも驚いていた。

「僕ですら三階には行ったことがないのに、いったいどういう風の吹き回しだろう？前に僕がナタリアの部屋を本宮に移すよう進言したときは、あれほど渋ったくせに。だから僕は、父上がナタリアを嫌っているとばかり思っていたんだけど」

レオンは、ナタリアがリシュタルトに助けられたことを知らない。

あのあと、騒ぎに気づいたレオンとギルがナタリアのもとに駆けつけたが、その頃にはもうリシュタルトはロイを連れて姿を消していたからだ。

「そのうえ、家庭教師が増やされたんだろ？　部屋が近くなったのはうれしいけど、ナタリアまでみっちり教育されたら、僕たちが会える時間が減ってしまうよ」

「おにいさま、寂しがらないで」

ナタリアはレオンにぎゅっと抱き着くと、上目遣いで見つめる。

「わたし、がんばってお勉強して、毎日早く終わらせます。そうして、少しでもおにいさまと一緒の時間をつくりますね」

にっこりと、最上級の笑みを浮かべてみせた。

これからはリシュタルトの攻略をメインに行っていくが、レオンの攻略も継続した方がいいだろう。彼を味方につけておけば、いざというときに役に立ってくれるだろうから。

悲運が待っている身の上としては、事は慎重に進めておきたい。

思ったとおり、兄は頬を紅潮させてデレ顔になった。

「ああ、ナタリア。僕の天使。そんなかわいいことを言われては、父上を許すしかないじゃないか」

そしてナタリアを抱き上げると、少々息苦しいほどに激しく頬ずりしてきたのである。

夕食を終え、就寝の時間になると、ドロテとアビーは自分たちの寝所に戻っていった。

入れ替わるようにして、リシュタルトが部屋にやってくる。

日々政務に追われている彼は、今の今まで仕事に没頭していたようだ。

部屋に入ったはいいものの、リシュタルトはナタリアの方を見ようとはせず、所在なく視線をさまよわせていた。

考えてみたら、彼とはまだしっかり話をしたことがない。

「この部屋は気に入ったか」

ようやく、彼が口を開いた。

「はい。すごくかわいくて大好きです」

湯浴みを終え、真っ白なネグリジェに着替えたナタリアは、ベッドに腰かけにこにこしながら言った。

「そうか」

リシュタルトがほんの少し語調を緩める。

「ところで、お前はいくつになった？」

「三さいです」

「そうか」

それきりリシュタルトが黙ってしまったので、ナタリアは困り果てた。

うすうす気づいていたが、とても口下手な人らしい。

子供の扱いにも極端に慣れていないようだ。

（よし、行動あるのみ。ただ待っているだけではなにも始まらないわ）

ナタリアはベッドからぴょんと飛び下り、入口付近に佇んだままのリシュタルトのところまで、トコトコと歩んでいった。

「――なんだ？」

キラキラとした目で見上げれば、リシュタルトは怯んだように一歩退いた。

逃がすものかと思いながら、ナタリアは彼の長い脚にぎゅっと抱き着く。

「おとうさま。だっこしてください」

リシュタルトの表情が固まった。

「だっこ……？」

未知の言葉に出会ったかのように、口の中でもごもごと反芻《はんすう》している。

「はい。今日からわたしはひとりで寝ないといけません。さびしいです」

これは打算でもあるが、本音でもあった。今までは寝るときもドロテかアビーが近くにいてくれたが、今日からは正真正銘ひとりきりだ。

「そうか……」

リシュタルトが、眉根を寄せながら答える。じっとこちらを凝視している彼は、ナタリアの気持ちを理解しようと頑張っているようにも見えた。

「抱っこすれば、寂しくなくなるのか？」

「はい。おとうさまは大きくてあったかいので」

「――分かった」

リシュタルトがナタリアの脇に手をかけ、ひょいと抱き上げる。

彼の美しい顔がぐんと近くなって、ナタリアは思わず見とれてしまった。

「どうした？」

「い、いいえ……！」

ついつい、前世の成人女性の感覚で、彼の爆イケぶりに翻弄されていた。彼はあくまでも自分の父親。そんな目で見るのはけしからんことだと言い聞かせる。

リシュタルトはものの十分ほど、そうやってナタリアの小さな身体を抱き上げていた。

彼の胸から伝わる心音が、ドクドクと速い。

パタパタとせわしなく動く銀色の尻尾が目に入った。

(もしかして、緊張していらっしゃるのかしら?)

泣く子も黙る冷徹皇帝が、子供の抱っこごときに狼狽《うろた》えているなど、なんだかかわいい。

「ふふ」

「どうした? なにがおかしい?」

「おとうさまのしっぽ、振り子みたいでおもしろいです」

「……こんなのがおもしろいのか?」

「はい」

ナタリアはにこっと微笑むと、彼の胸に頬を寄せた。

リシュタルトは拒むことなくナタリアの好きにさせ、落としてしまわないように気を使っているのか、抱く腕に力を込めてくれた。

ナタリアの部屋が本宮に移って一週間。

朝食後、ドロテを連れて部屋に戻ると、部屋を出た際にはなかったはずの大きな箱が三つドドンと置かれていた。

「なにかしら？」

すべてにリボンが巻かれていて、それぞれ『1』『2』『3』と番号を記したカードが提げられている。

「ナタリア様、お喜びください！　リシュタルト様からナタリア様に誕生日プレゼントが届きました！」

部屋に待機していたアビーが、興奮気味にまくしたてた。

「たんじょうびプレゼント？」

ナタリアが首をかしげるのも無理はなかった。

ナタリアは今、三歳をちょうど半年過ぎたところだ。

誕生日プレゼントをもらうには、中途半端な時期である。

「数字が書いてあるでしょう？　ナタリア様がその数字の年齢のときのプレゼントという意味のようですよ。お傍にいられなかった三年分のプレゼントを一気にくださったのです。ナタリア様は、本当にリシュタルト様に愛されていますね！」

感極まったように目に涙を浮かべるアビー。

「ナタリア様をあれほど避けておられたリシュタルト様が、すっかりナタリア様にお熱のようで、本当に喜ばしいです。さっそく、開けてみられてはどうでしょう？」

ドロテに促され、ナタリアはプレゼントをひとつずつ開けてみた。

『1』の箱には大きな犬のぬいぐるみ、『2』の箱には大量の絵本、『3』の箱には色とりどりのドレスが入っていた。

「すてき……！」

ナタリアはヘーゼル色の瞳をキラキラと輝かせた。

素直に、心からうれしい。

あのリシュタルトが、ナタリアのことを考えて選んでくれたと思うとなおさらだ。

「このぬいぐるみ、ふかふかで最高じゃないですか！」

「高価そうなドレスがこんなにもたくさん！　さっそくどれか着てみましょうよ！」

アビーとドロテも、ナタリアと一緒になってはしゃいでいる。

三人は、豪華な贈り物を前にきゃぴきゃぴと盛り上がった。


その日の夜。

いつもと同じ時間に、リシュタルトがナタリアの部屋に来た。

ナタリアが本宮に移ってからというもの、彼は毎夜必ずこの時間にナタリアの部屋を訪れている。

他愛ない会話をし、ナタリアが笑顔を見せると、満足したように自室に戻っていくのだ。

会話のぎこちなさは、日を経るに従い少しずつマシになっていた。

「おとうさま！」

ナタリアは、リシュタルトが部屋に入ってくるなり、飛びかかるようにして彼に抱き着いた。リシュタルトは面食らった顔をしつつも、ナタリアを胸に軽々と抱く。

「たくさんのプレゼント、ありがとうございます」

「ああ、気に入ったか」

「はい、とっても！」

「そうか」

言葉ではそっけないが、月色の瞳は、いつもより優しげな雰囲気を放っていた。

それから彼は、決まりが悪そうにボソリとつぶやく。

「遅くなってすまない。三年分まとめることになってしまい、後悔している。俺は愚かだったんだ」

「おとうさま……」

生まれてからおよそ三年、ナタリアを避け続けていたことに、リシュタルトが初めて言及する。なんとなくそれについては禁句だと思っていたので、ナタリアは驚いた。

だが、今がチャンスかもしれない。

ナタリアは、なぜリシュタルトが自分を気に入ってくれたのか、いまだよく分かっていなかった。臆病なところを見せて失敗したはずなのに。

今後のためにも、できれば理由を知っておきたい。

「……おとうさま。おとうさまは、どうして急に優しくなられたのですか？」

おずおずと問いかけてみる。

するとリシュタルトは、ナタリアを抱いたままベッドに腰かけ、自分と向き合うようにして膝の上に座らせた。

「俺はお前のことをよく知りもしないのに、醜い心を持っていると決めつけていた。お前はクロディーヌの娘だからな。それも、どこの馬の骨とも分からない男との間にできた子だ。あれは獣人皇帝の妃の座に収まりながら、獣を残虐に扱っていた。だがお前は獣を大事に思っているようだ。自分の命を捨てて、ロイを助けようとしたほどに」

（そっか。ロイを助けようとしたから好かれたのね）

なるほど、とナタリアは合点がいった。

リシュタルトをはじめ、獣を祖先に持つ獣人は、獣を大事にしている。

そういえば〝モフ番〟の中で、アリスが傷ついた獣を献身的に看病し、リシュタルトが彼女の見方を変えるというくだりがあった。

獣を大事にする者を、リシュタルトは好むようだ。

明るさとか臆病云々よりも、そちらの方が攻略ポイントだったらしい。

「獣が人を見る目は確かだ。お前の心は美しい」

リシュタルトの瞳が、穏やかに細められた。

（この人、こんな顔もできるのね）

驚いたナタリアは、目をまん丸に見開く。

とにかく、獣を大事にすればこの先も彼との関係は良好そうだ。

動物は前世でも現世でも大好きなので、これなら無理をしなくとも素で愛してもらえる。

そうだ、とナタリアは思いついた。

獣好きをアピールして、さらに気に入られよう！

「おとうさま。わたし、もっと獣を見てみたいです。獣保護施設に連れて行ってくださいませんか？」

「なぜ、そんな場所を知っている？」

「おにいさまが教えてくれました」

思った通り、リシュタルトはよりいっそう表情を和らげる。

「そうか。お前は本当に獣が好きなんだな」

「はい、だいすきです」

「分かった。近いうちに時間を作って連れて行ってやろう。狼もドラドも、俺たちの先祖だ。獰猛化を恐れて虐げる輩《やから》もいるが、そんなことはあってはならない。尊むべき存在だ」

「はい、そう思います」

ナタリアは、以前ギルから聞いた話の内容を思い出していた。

獣は、理性のコントロールが効かない〝獰猛化〟という状態に陥ることがある。

そうなると、敵味方関係なく攻撃的になるのだ。

獣は牙が鋭く凶暴なため、過去には大惨事を引き起こした事例もあるらしい。

そういった理由から、この世界には獣を忌み嫌う人たちがいる。

中には獣を虐げたり、乱獲してひと儲けをしようと考えたりする悪党もいるようだ。

リシュタルトが獣保護施設を建設したのは、そういった悪の手から獣を守るためである。

「分かってくれるか。――いい子だ」

リシュタルトは満足げに言うと、ナタリアの頭にポンと手を置いた。

翌日は、昼から大雨だった。

夕方を過ぎた頃には嵐になって、ひっきりなしに雷鳴がとどろく。

――ゴロゴロゴロ！

「きゃ……っ！」

真夜中。

城が真っぷたつに割れるのではないかと思うほどの轟音に、ナタリアはガタガタ震えた。すぐにまたピカッと窓の外が光り、雷鳴が夜空を揺るがす。

(ひぃっ、怖い！　雷なんて前世では平気だったのに！)

頭では大丈夫と分かっていても、大きな音に対する子供特有の防衛本能なのか、怖くてたまらない。

頭まですっぽりと毛布をかぶり、暗がりの中で怯えていると、廊下から犬の鳴き声がした。

(ロイも怖いのね)

ロイの部屋は、廊下の突き当たりにある。

大型犬のロイは一見強そうだが、臆病なところがあった。

ナタリアは、考えた末に毛布をかぶって部屋を出る。

怖い気持ちを、ロイと分かち合おうと思ったのだ。

ロイの部屋の前に行き、ドアの前にしゃがみ込んだ。

「ロイ、怖いの？　だいじょうぶ？」

ドア越しに話しかけると、下の隙間から、ロイがスピスピとこちらの匂いを嗅ぐ音がした。

「わたしも怖いの。だから今夜はいっしょに過ごしましょう……きゃっ！」

ひときわ大きな雷鳴が鳴り響き、ナタリアはガバッと毛布に身を隠す。

ドアの向こうにロイがいてくれるのがせめてもの救いだった。

「そこでなにをしている？」

　すると、誰もいないはずの背後から声がした。

「ひっ」と怖気づきながら振り返ると、暗闇に佇むリシュタルトと目が合う。

「おとうさま……？」

「お前が部屋を出る音がしたから来てみたんだ。なんだ、雷が怖いのか？」

　瞳を潤ませながらこくこくと頷くナタリア。

「ロイが鳴いていたから、ロイも怖いんだろうと思って、ここに来たんです。ひとりよりふたりの方が心強いので」

「そうか。俺と一緒に寝るか？」

「え？」

　あのリシュタルトがまさかそんなことを言うとは思いもせず、ナタリアはぽかんとする。

（聞き間違い？）

　狼狽えていると、返事を待たずして、リシュタルトがナタリアをひょいと抱き上げた。

　問答無用で強制連行されるようだ。

　リシュタルトの身体は、やはり大きくて温かい。

ナタリアの中の大人の部分は今の状況に困惑していたが、子供の部分は素直にホッとしている。

彼が近くにいれば、きっと大丈夫。

ゴロゴロうるさい得体のしれない雷だって、もう怖くはない。

遠ざかるドアの向こうから、クーンクーンというロイの寂しげな声がする。

「おとうさま」

リシュタルトのシャツの胸元を、ナタリアはクイッと引いた。

「どうした?」

「ロイも連れて行っていいですか? ロイも、おとうさまといた方が安心だと思うのです」

リシュタルトは足を止めると、腕の中のナタリアをまじまじと見つめる。

「……お前は、俺といると安心するのか?」

「? もちろんです」

なにを当たり前のことを、とナタリアがきょとんと首を傾げると、リシュタルトの頬がほんのり赤くなったように見えた。初めて見る照れているような表情に、ナタリアはくぎ付けになる。

「いいだろう。ロイも連れて行こう」

リシュタルトは引き返すと、ロイの部屋のドアを開け放った。

「ワンッ！　ワンッ！　ワンッ！」

すぐにロイが飛び出してきて、うれしそうに尻尾をパタパタと振りながらリシュタルトの周りをぐるぐる回り始めた。


リシュタルトの寝室は、思いのほか質素だった。

広さはそこそこあるが、とにかく物が少ない。

天蓋付きのベッドに書棚がひとつ、あとはデスクとカウチがぽつぽつ置かれているだけだ。

（なんだか寂しい部屋）

家具のひとつひとつはもちろん豪華だが、寒々しくて、ナタリアはひとり暮らしだった前世の自分の部屋を思い出す。もっとも、大国のトップに君臨する彼と前世のみじめな自分を重ねるのもおかしな話だけど。

「ここで寝ろ」

リシュタルトはそう言うと、ナタリアをベッドの上に降ろした。

窓の外では相変わらず雷が続いていて、時折ピカッと閃光が弾けている。

「ワン！」

ロイがすぐにベッドに飛び乗ってきて、ナタリアの脇に丸くなった。

「おとうさまは、寝られないのですか？」

「俺はそこで寝る。なにかあったらいつでも起こせ」

リシュタルトがカウチの方に行こうとする。

ナタリアは手を伸ばし、彼のシャツをつかんで引き留めた。

「行かないでください。怖いのです。いっしょに寝てください」

瞳をうるうるさせて、見上げてみる。

リシュタルトは三白眼の目を見開き、それから考え込むように口元を手で覆った。

闇の中で、銀色の尻尾が戸惑うようにゆさゆさと揺れている。

「だが……」

「おねがいです、おとうさま」

「――分かった」

リシュタルトはため息のような唸りのような声を出すと、遠慮がちにナタリアと同じ布団に入り込んだ。

ナタリアは、こちらに向けられた彼の背中にぎゅっと抱き着いた。

モフモフの尻尾が、ちょうどおなかの辺りに当たって気持ちいい。

（あ〜、モフモフ最高だわ）

「おとうさま、おやすみなさい……」

モフモフの癒しを堪能していたら、本当に眠くなってきた。

雷のせいで寝られなかったが、もうすでにかなりの深夜である。三歳児の体力は限界を迎えつつあった。

リシュタルトの背中に顔を押し当て、むにゃむにゃするナタリア。

小さな寝息が聞こえてきたところで、リシュタルトはナタリアの方に身体を反転させた。そして、乱れた布団を彼女の肩までかけ直す。

窓を打ちつける雨音が、いつの間にか小さくなっていた。

ひっきりなしに続いていた雷も、ようやく収まってきたようだ。

「――おやすみ、ナタリア」

すでに眠ってしまったナタリアは、彼が初めて名前を呼んでくれたことを知らない。


時が流れ、ナタリアは四歳になった。

リシュタルトとの関係は、いたって良好である。

他人に心を開くことに慣れていないのか、彼からの愛情はときに分かりにくいこともあったが、それでもナタリアは大事にされているのを感じていた。

四歳の誕生日になにを望むかと聞かれ、ナタリアはこれからひと月に一度、リシュタルトとともに獣保護施設に行きたいとお願いした。

一度連れて行ってもらった獣保護施設は、大規模な森林区域に狼がのびのびと暮らしていて、とても魅力的なところだった。赤ちゃんの狼もたくさんいて、あまりのかわいさに心の底から癒されたのだ。

リシュタルトはナタリアの願いを上機嫌に聞き入れ、それ以来、月一の獣保護施設へのお出かけは定例となっている。

ある日の午後、庭園にあるテーブルで、ナタリアは本を手に物思いにふけっていた。

(このままいけば、お父様はきっと私の言うことを聞いてくれるわ)

リシュタルトに気に入られている自信はある。

頼めば留学させてくれるだろうし、生活の援助もしてくれるだろう。

(でも、本当にそんなにうまくいくかしら？)

アリスが現れたら、たとえナタリアが遠くにいて出会うことがなかったとしても、すべてが変わってしまうかもしれない。

援助が断ち切られ、路頭に迷ったらどうしよう？

どんなにことがうまく進もうと、悪役令嬢という引け目がある限り、不安は常につきまとう。

「ナタリア様、聞いていますか？」

ナタリアはハッと我に返った。

目の前で、ギルがじっとこちらを見ている。

「指定した箇所、まだ読み終わっておられませんか？　いつもより時間がかかっていますけど」

そうだった、今はラエゾン語の勉強中だった。

「ごめんなさい、ちょっと考え事をしていて」

「ナタリア様の方からラエゾン語を習いたいとおっしゃられたのですよ？　もっと集中してください」

「すみません……」

笑顔で叱るギルが怖い。

ちなみにラエゾン語というのは、大陸の端にあるピット国の公用語だ。アリスに出会う危険をとことん避けるために、ナタリアは最終的にピット国まで逃亡するつもりだった。

ギルが、バイオレットの瞳を細める。

「なにかお悩みのようですね。私でよかったら、話を聞きましょう」

ギルは聡明なだけでなく、勘まで鋭い。

今までだって思っていることを何度も言い当てられた。中には『ナタリア様は、ときどき大人びた表情をされますね。まるで子供の身体の中に大人の心が宿っているようだ』という鋭い指摘もあってドキリとした。

ナタリアは師である彼に、意見を仰ぐことにする。

「その、将来が不安なの。私は皇女でなければ、なんの取り柄もないわ。もしものことなんだけど――たとえ皇女でなくなったとしても、生きていくにはどうしたらいい？」

「おやおや、それは皇族らしからぬ考えですね。でも、いい心がけです」

ギルが、感心したように言った。

「簡単なことですよ。自分の力で稼げるように、手に職をつければよいのです」

「手に職って、たとえばどんなこと？」

「パン焼きや刺繍など、なんでも結構です。才覚のある職を選ばれるのが最善ですけどね」

「パン焼きに刺繍……どちらも微妙だわ」

ナタリアは手先が器用ではないし、好きでもない。手を使う作業よりも、どちらかというと頭を使う勉強の方が得意である。まだ四歳だから、これから変わる可能性もあるにはあるけど……。

苦い顔をしていると、ギルがテーブルに頬杖をつき、身を乗り出してくる。

「獣操師《じゅうそうし》はどうです？」

「じゅうそうし？」

「獣を操る職業のことですよ」

ギルは、獣操師について詳しく説明してくれた。

獣は、ときに獰猛化し、周囲にいる者を傷つける。

獰猛化した獣の力はすさまじく、相手が弱い場合は、死にいたらしめることもあった。

だが獣は、獣人にとっては同じ先祖を持つ大事な存在。そのため互いが苦しまないよう、獰猛化した獣をなだめる獣操師という職業があるらしい。

といっても誰でもなれるわけではなく、なれるかどうかは、持って生まれた素質によってが左右されるのだという。

「ナタリア様には獣に好かれる才覚がおありのようです。陛下以外に懐かなかったロイがすぐに懐きましたし、あなたが獣保護施設に行くたびに狼が寄ってくるそうじゃないですか」

褒められて、ナタリアは少し気分がよくなった。

「獣操師になったらどんなところで働くの？」

「獣保護施設や、野生の獣の多い地域の管理所などですね。獰猛化した獣人をなだめることもできるので、国の警備や有事の際も重宝されると聞きます」

ギルが言うように、獣だけでなく、獣人も獰猛化することがある。

獣よりは歯止めが利くものの、獰猛化した獣人は力が強く、獣以上にやっかいだった。獣化できる場合は、なおさら荒れるという。

俄然、やる気がみなぎってくるナタリア。

「どうやったら獣操師になれるの？」

「年に一回、帝都で行われる認定試験に合格すればよいのです。合格するには、才覚だけでなくそれ相応の勉強が必要ですが。それでも今から勉強すれば、ナタリア様なら余裕で合格できるでしょう。ちなみに、受けられるのは十三歳から二十五歳までだそうですよ」

ナタリアはまだ四歳。

ギルの言う通り、今から頑張れば十三歳での合格も夢ではないだろう。

「獣操師になるお勉強、してみたい！　ギル、教えてくれる？」

ナタリアは瞳をキラキラさせてギルを見た。

「もちろんですよ、私の皇女様。ただし、あなたが獣操師になる勉強をしていることは、誰にも口外しない方がいいでしょう。陛下にはもちろん、レオン様にも言ってはなりません」

「どうして？」

「あなたはこの国の皇女です。皇女が手に職をつけるなどもってのほか、という考え方が一般的ですからね。私があなたに不必要なことを教えていると知られたら、家庭教師を解雇されるかもしれません」

「それは困るわ！　わたしにはあなたが必要だもの」

ナタリアがぎゅっとギルの腕をつかむと、彼はうれしそうに口元に弧を描いた。

「でしたら、私たちだけの秘密にしましょう」

「分かったわ、約束よ」

「では、指切りしましょうか」

ギルが、にっこりと小指を差し出してくる。指切りという風習は、どうやらこの世界にもあるらしい。ナタリアはギルの小指に自分の小指を絡めた。

「ナタリア様の小指、ものすごく短いですね」

絡めた指同士をゆすりながら、ギルが言う。

「まだ子供だもの。短くて当然じゃない」

バカにされた気分になって、ナタリアは唇を尖らせた。

そんなナタリアを慈しむように、ギルが瞳を細める。

「怒らないでください。かわいいなって思っただけですよ」

翌日、ギルはさっそく書物を用意してくれ、ナタリアは獣操師になるための勉強を始めた。

まずは図鑑をもとに、すべての狼の名前と生態を覚えるようギルに言われた。

この世界には、数百種類の狼が存在する。

それぞれ寿命や特徴が違い、扱い方も異なっている。

とりわけ巨獣ドラドは扱いが難しく、扱える者は獣操師であってもひと握りらしい。

ドラドは希少種のため、ナタリアは獣保護施設でもまだ見たことがなかった。

ギルの指導のもと、ナタリアは獣操学の勉強をどんどん進め、五歳を過ぎた頃にはかなりの知識量になっていた。

だが、知識ばかりで、いまだ獰猛化した獣に出くわした経験がない。

獣保護施設にいる狼たちは、落ち着いて生活しているため、暴れたりはしない。

ナタリアが来るとよりおとなしくなるというから、獰猛化の状態を見る機会はまずなかった。

ナタリアはいつからか、獣操師になる身として、一度でいいから獰猛化した獣を見てみたいと思うようになる。

そんなある日のこと。

「ナタリア！」

庭園にある大理石の噴水脇で獣操学関連の本を読みふけっていると、どこからかレオンの声がした。ナタリアは、手にしていた本を慌てて別の本の下に隠す。

「こんなところにいたのか、ずいぶん探したぞ」

十一歳になったレオンは、前よりいっそうキラキラ王子様感が増していた。

鼻梁は彫刻のように整っていて、アイスブルーの瞳は宝石さながらに光り輝いている。彼は最近、高位貴族の子息が通う貴族学院に入学したばかりだった。

「お兄さま。学校はもう終わったのですか？」

「ああ。ナタリアに会いたくて、今日は急いで帰ってきた」

「学校はどうですか？　楽しいですか？」

「学校より、ナタリアといる方がずっと楽しいかな」

レオンはナタリアの隣に腰かけると、きょろきょろと辺りを見回す。

「今日、あいつはいないのか？」

「あいつって誰ですか？」

「あのずる賢そうな家庭教師だよ」

顔をしかめながらレオンが言う。

「ああ、ギルのことですね。勉強がひと段落したので、今は席を外しています」

「そうか、それはありがたい」

「お兄さまは、ギルが苦手なのですか？」

レオンが大きく頷いた。

「当たり前じゃないか。僕がナタリアと喋っているときのあいつの目、めちゃくちゃ怖いんだから。あいつきっとロリコンだ」

「ギルはもともと目つきが少し悪いですし、お兄さまの気のせいではないですか？　それから、〝ろりこん〟ってなんですか？」

ロリコンの意味は知っているが、今の自分の立場を考慮してすかさず知らないフリをする。

やれやれ、とレオンが肩をすくめた。

「ナタリアは小さいから、あいつが君をどんな目で見てるか分からないんだよ。それからロリコンの意味は、もう少し大きくなったら教えてあげよう」

ヤンデレ兄は、どうやらギルに嫉妬しているようだ。

そこで、レオンが大きく息を吐く。

「それにしても憂鬱《ゆううつ》だよ。父上がしばらく城を離れるから、その間僕がいくつか用事を任されているんだ。忙しくなるから、こうやってナタリアに会えなくなる」

「お父さまが？　なにかあったのですか？」

「とある村に、野生のドラドが出たらしい。保護しようとしたけど獰猛化していて、獣操師でも手に負えなかったようだよ。だけど希少種のドラドは、なんとしてでも保護しないといけない。だから父上が自ら様子を見に行くそうだ」

「え――？」

レオンからの思わぬ報告に、ナタリアの気持ちが昂る。

獰猛化した獣、しかもドラドを生で見ることのできる大チャンスだ。

「どうかしたか？　思いつめたような顔をして」

「えと……。わたしも、お兄さまと会えなくなるのは寂しいなって思ってたんです」

「そうか。ナタリアは本当にいい子だね」

ナタリアの巧みな演技に気づくことなく、レオンは目尻を下げて妹の頭をよしよしと撫でた。


その日の夜。

就寝前、いつものようにリシュタルトがナタリアの部屋を訪れた。

ナタリアは計画通り、ベッドに座って、うるうると目に涙を浮かべていた。

「ナタリア？　なにかあったのか？」

異変に気づいたリシュタルトが、すぐさま近づいてくる。

「いじめられたのか？　どこのどいつだ、俺が厳しく罰してやろう」

三白眼を光らせ凄みのある顔をされると、自分に向けられたわけではないと分かっていても、身震いがした。

「いいえ、ちがうのです」

ナタリアはフルフルとかぶりを振った。

「お兄さまから、お父さまがしばらくお城を離れると聞いたのです。お父さまと離れるのが寂しくて、泣きそうになっていました」

ホッとしたように、リシュタルトが表情を緩めた。

「なんだ、そんなことか。トプテ村に現れた野生のドラドの様子を見に行くだけだ。すぐに帰ってくるから、寂しがる必要はない」

甘さを孕んだ声で言われる。

ナタリアはリシュタルトに抱き着くと、上目遣いで彼を見上げた。

「わたしも連れて行ってはくれませんか？」

「ダメだ」

（あれ？）

あまりの即答に、ナタリアは困惑する。

本宮に移ってからというもの、リシュタルトはナタリアの望みをなんでも叶えてくれた。

だから今回も、あっさり連れて行ってくれると思っていたのに。

「獰猛化した野生のドラドはかなり危険だ。獣保護施設に行くのとは訳が違う。お前は行かない方がいい」

だが、ナタリアはここで身を引くつもりはなかった。野生のドラドなど、めったに現れない。これは千載一遇のチャンスなのである。

（そうだ！）

ナタリアは、昼間レオンがギルに嫉妬していたことを思い出した。

嫉妬心を利用すれば、リシュタルトをうまく操れるかもしれない。

「分かりました。では、お父さまと一緒にいられない分、ギルにたくさん一緒にいてもらいます」

「――は？」

「ギルはとっても優しいのです。お父さまみたいに抱っこしてくれることがあるんですよ。それから、お兄さまみたいに頭を撫でたりもしてくれます」

にこにこと屈託のない笑顔で、リシュタルトの嫉妬心を煽ってみる。

リシュタルトの目つきがだんだんと冷たくなっていった。

「わたし、大きくなったらギルと――」

「――やはり、お前も連れて行こう」

ナタリアの言葉を阻むように、リシュタルトが言い放つ。

「ただし、絶対に俺の傍を離れるなよ」

「はい！」

（ギル、なかなか使えるわね。クビにされない程度に、これからも利用させてもらおっと）

無邪気な返事とは裏腹に、ナタリアは心の中でしめしめと笑ったのだった。


オルバンス帝国の北部に位置するトプテ村は、標高の高い山間部にある。ナタリアを連れたリシュタルト一行は、途中で一泊し、翌日の昼過ぎに到着した。

気温が低いからと、道中ナタリアはふかふかの赤い綿入りコートを買ってもらう。

たどり着いたトプテ村は、山並みの景色が美しい、素朴な村だった。ところどころ建築物が立派なのは、かつて鋼鉄業で財政が潤っていた頃の名残らしい。近くの鉱山から鉄鉱石が採掘されなくなってからは、鋼鉄業はやむなく打ち切り、林業で生計を立てているようだ。

「皇帝陛下自らおいでくださるとは、恐縮でございます」

宿屋で出迎えてくれたのは、村長らしき男だった。

五十代中頃の、灰色の髪をうしろに撫でつけた、口ひげのあるダンディーな人間の紳士である。

村長の背後には、村の重役らしき男たちが並んでいた。

「おや？　こちらのお嬢様は？」

「娘のナタリアだ」

ナタリアは、トコトコと村長の前に歩み出る。

「村長さま、はじめまして。ナタリア・ベル・ブラックウッドと申します」

もこもこの赤いコートを着た幼い皇女がちょこんと礼をする姿は愛らしく、村の重役たちは「なんとかわいらしい」と口々に感嘆の声を上げた。

村長も人好きのする笑顔を浮かべている。

「まるで天使のようにかわいらしい皇女様ですね。村に春が来たようですな。私はダスティンと申します。はるばるおいでくださり、とても光栄です」

（ダスティン？　どこかで聞いたような……。前世で観た流行り映画の主人公の名前とか？）

腑に落ちないまま、ナタリアはリシュタルトとともに、まずは村を視察することになった。

三角屋根の教会をシンボルとした村の中心部は、昼間だというのに、あまり人の往来がない。もとより人口が少ないのだろう。どこか寂れた感じが否めなかった。

先ほど通り過ぎたときは気づかなかったが、よく見ると家々の窓や扉は鉄格子で覆われ、厳重に守られている。

「家の扉に鉄格子をつけているのか」

「はい。何度かドラドに襲われ、安全のためにつけたのです。女子供のいる家はより強固にしています」

リシュタルトの問いかけに、案内役のダスティンが答える。

ちょうどそこに、右腕に包帯を巻いた男が通りかかった。

片手だけで、不自由そうに木くずを積んだ押し車を押している。

「彼も、ドラドに噛みつかれて怪我をしたひとりです。あのときのドラドは、それはもうひどい暴れようでした。幸い死者は出ませんでしたが、ほかにも噛みつかれた者がたくさんいます」

「ドラドはなぜ獰猛化した？」

リシュタルトが眉間にしわを寄せると、ダスティンは困ったようにかぶりを振った。

ダスティンが、背後にそびえる小さな山を振り仰ぐ。

「ひと月前、あの山に野生のドラドが現れてすぐ、私たちは手を出すことなく法令通り獣保護施設に連絡しました。ですがドラドは獰猛化して村を襲い、施設から獣操師が来ても、言うことを聞きませんでした」

「それについては知っている。獣操師から俺に報告があったんだ」

「そのようですね」

（獣が理由もなく獰猛化することなんてあるのかしら？）

ひっそりと獣操学の勉強を続けているナタリアは、ダスティンの言葉に違和感を覚える。

獣も獣人も、獰猛化するにはちゃんと理由があるはずなのに。

「ドラドは普段どこに潜んでいる？　案内してくれ」

「承知しました。ついてきてください」

「――待て」

リシュタルトが、ナタリアの方を見た。

「お前は危険だから、宿に戻ってろ。誰かに送らせる」

（そんな、せっかく野生のドラドを見られるチャンスなのに……！）

ナタリアは、がしっとリシュタルトの足にしがみつく。

「わたしは、お父さまと離れたくありません。お父さまも傍を離れるなとおっしゃったではないですか」

「これから行く場所は間違いなく危険だ。お前を連れて行けるわけがないだろう？」

「いやです！　お父さまと一緒がいい！」

ナタリアのいつにないわがままに、リシュタルトが表情を険しくする。

（やばい。神経を逆なでしちゃったかも）

たまにはごねてみるのもいいかもしれない、と勝負に出たけれど、父の怖い顔を見てナタリアは後悔した。

すると、ヒソヒソという村人たちの声がする。

「しがみついて離さないなんて、なんてかわいらしいのかしら」

「皇女様は、よほど陛下のことがお好きなのね。きっとふたりきりのときは優しいパパなのでしょう」

ささやかれる声に、悪い気はしなかったのだろう。

リシュタルトはほんのり顔を赤らめると、思案するように人差し指でこめかみを掻く。

それから、ナタリアをひょいと抱き上げた。

「仕方がない、一緒に行こう。だが、絶対に俺から離れるなよ」

（よかった。折れてくれた！）

ナタリアはリシュタルトのたくましい腕の中で、「はい！」と元気よく返事をした。

野生のドラドが住み着いた山は、村から歩いて十分もかからないところにあった。

山の入口は草が生い茂り、鬱蒼としている。背の高い木々が山を覆っているため、太陽の光が遮られ、おどろおどろしい空気が漂っていた。

入口に近づいたとたん、リシュタルトの尻尾がビクッと揺れ動く。

「お父さま、どうかされましたか？」

「――いや。ドラドは、この山の中にいるのか？」

ナタリアを抱きかかえたまま、リシュタルトがダスティンに尋ねる。

「そうです。野生のドラドは主に夜に活動するので、昼に出てくることはほとんどありませんが」

リシュタルトはしばらくその場で視察を続けていたが、ダスティンが言うように、ドラドが姿を見せることはなかった。ナタリアは、しょんぼりと肩を落とす。

（ドラドが現れたからといって、そんな簡単に会えるものではないのね。普段は隠れているんだもの）

無言のまま山を見上げているリシュタルトも、ドラドをどう保護しようか、考え込んでいるように見える。

「陛下、ご無理なさることはございません」

そんなリシュタルトに、ダスティンが声をかけた。

「正直に言いますと、私どもとしては、このままドラドを山に住まわしてもいいと思っているのです」

リシュタルトが、不可解そうにダスティンを見る。

「なぜだ？　被害者がいるのだろう？　保護したくはないのか？」

「いいえ。神とも称えられるドラドがこの地を選んでくれたのですから、光栄なことですよ。自然の摂理と思えば、多少の被害も受け入れられます」

（そんな考え方もあるのね）

思いがけないダスティンの発言に、ナタリアが驚いていたとき。

――ガサッ。

目の前の茂みが、大きく揺れた。

風に煽られたわけではない、あきらかに生物が蠢いたような動きに、辺りにいた一同が顔色を変える。

「まさか、ドラドか？　昼間に出るとは珍しい」

同行している村人たちがざわつき、いっせいに茂みを注視した。

――ガサッ、ガサガサッ！

今度は目に見えて茂みが動いた。

リシュタルトが、ナタリアを抱く腕に力を込める。ドラドを見れるかもしれないという期待から、ナタリアの胸がドキドキと早鐘を打った。

茂みから、ついに影が姿を現す――。

「クゥン」

ひょこっと顔を出したのは、まるで綿あめのような、真っ白でふわふわの仔犬だった。

ロイよりもふたまわり小さい身体で、てててとリシュタルトの前まで歩いてくる。

ハッハッと舌を出し、最大速のメトロノームのごとく尻尾を振る姿は、ボールを投げてとせがむときのロイそっくりだ。

「かわいい……！」

あまりにも愛らしい仔犬の姿に、ナタリアの胸がきゅうんと鳴る。

「子供のドラドだ」

リシュタルトが、どこか安心したように言った。

「え？　ドラド？」

ナタリアは、驚きの目でふわもこ犬を見る。

あの巨獣の子供が、こんなトイプードルみたいに愛らしいだなんて。

村人たちが、わっと歓声を上げた。

「おおっ、子ドラドだ。子供もいたのか」

「あの警戒心の強いドラドが、懐いているようだぞ。さすが皇帝陛下だ」

リシュタルトはじっとドラドの子供を見つめ、それから腕の中のナタリアを見た。

そして「俺じゃないな……」とつぶやく。

「このドラドは、お前に会いたくて出てきたようだぞ」

ナタリアはもう一度子ドラドを凝視した。

濁りのない真っ黒な瞳は、たしかにまっすぐナタリアに向けられている。

ロイにしろ、子ドラドにしろ、現世でのナタリアは獣に好かれやすいらしい。

〝モフ番〟に出てきたナタリアは、そんな体質ではなかった。

犬や狼にお尻を噛まれて憤慨しているシーンならあった気がするけど。

(どうしてこんな体質に生まれたのかしら?)

なんとなく、前世で死に際に助けた黒モフ犬のことを思い出した。

自分は死んでしまったけど、あの子はどうなったのだろう?

無事だっただろうか?

どうか、前世の自分がクッションになって生き延びてくれていますように。

「お父さま。抱っこしてみてもいいですか?」

子供といえども、相手は凶暴と恐れられるドラド。

そうっと様子を窺うようにして、リシュタルトに聞いてみる。

リシュタルトが迷うような素振りを見せたそのとき、地を這うような低い唸りが辺りに響いた。

――ウォォォォンッ!

けたたましい嘶きに、場に戦慄が走る。

ドンドンと地面を踏み鳴らす音とともに、先ほど子ドラドが飛び出してきた茂みから、今度は巨大な白い獣が姿を現した。

ぎゅるぎゅるという音をたてて歯を食いしばり、こちらを睨んでいる巨獣。

瞳は烈火のごとく燃え盛り、鋭利な牙がギラギラと不気味に光っている。

「ドラドだ！　獰猛化している、危険だ！」

ダスティンが大声を張った。

（これが、ドラド……）

ナタリアは初めて見るドラドに衝撃を受けていた。

怒りで逆立つ毛は針のように鋭く、赤い瞳は血のようだ。

そこにいるだけで空気が張り詰めるような恐ろしさ。

（私たちを恐れているわ）

怖いと思うよりも先に、ナタリアはそう感じた。

すると、リシュタルトが子ドラドにそっと声をかける。

「母親が呼んでいる。もう行け」

月色の瞳が、きらりと光った。

子ドラドはリシュタルトの視線に操られるように、くるりと背を向け、母親のもとに走っていく。

母ドラドはようやく唸るのをやめると、子ドラドの首根っこを咥え、茂みの向こうへと姿を消した。

「いやあ、さすがは皇帝陛下！　ただならぬ貫禄を前に、ドラドも怯えて逃げてしまったようですな！」

ダスティンが、リシュタルトを大げさに賛辞する。

「さすがだな！」

「陛下がおられなかったら間違いなく襲われていたぞ」

村人たちも、しきりに沸いていた。

ここぞとばかりに、ダスティンがリシュタルトの前に歩み出る。

「皇帝陛下の威光のおかげで、ドラドはこの先悪さをしないでしょう。もう大丈夫です。どうぞこのまま、ドラドをそっとしておいてください」

頑なに捕獲を拒むダスティンは、村が襲われたというのに、よほどドラドを大事に思っているようだ。

ところが、リシュタルトは首を縦には振らなかった。

「いや、そういうわけにはいかない。捕獲は明日行う」

有無を言わさぬ物言いに、反論の余地はないと気づいたのだろう。

「左様ですか。それは心強いです」

ダスティンはそう答え、静かな笑みを浮かべていた。

夕食後、ナタリアはお気に入りの犬のぬいぐるみを抱きしめて、ベッドに座っていた。

ひとりにするのが心配だということで、リシュタルトとナタリアは同室だ。

宿屋で一番豪華な部屋には、大きなベッドがふたつあり、チェストやソファーなどの家具も充実している。

部屋に戻ってからというもの、リシュタルトは終始窓から外を眺めていた。

普段から無口な彼だが、今日はいつにも増して口数が少ない。

なにか考え込んでいるようだった。

ナタリアは、獰猛化した母ドラドのまなざしを思い出し、胸を痛める。

（あれは、間違いなくなにかを怖がっている目だったわ。かわいそうに、なにをあんなに怖がっていたのかしら）

そもそも、どうして獰猛化などしたのだろう？

ドラドは本来、狼よりもおとなしくて、獰猛化しにくいはずなのに。

物思いにふけっていると、ベッドがギシリと軋《きし》んだ。

「ぼんやりとしているな。眠いのか？」

間近に迫る、美しい父の顔。

「いいえ。先ほど見たドラドのことを考えていました」

「そうか。獰猛化した獣を見るのは初めてだっただろう。怖かったか？」

「怖くはありません」

ナタリアはかぶりを振る。

「わたしにはお母さんドラドがなにかを怖がっているように見えました。そのことが、ずっと気になっていたのです」

リシュタルトの月のような金色の瞳が、驚いたように見開かれる。

それから彼は口元に笑みを浮かべると、ナタリアの頭にポンと掌を乗せた。

「俺の目にも、あのドラドはなにかを怖がっているように見えた。それに――」

リシュタルトが、顎先に手を当て遠くを見つめる。

「あの山から、微かにラーの花の香りがしたのも気になった。ラーの花は暖かい地域に咲く花だ、この辺りには自生していない」

「わたしには、気になるような香りはしませんでしたけど」

「獣人は人間より鼻が利くからな。分からなくて当然だ」

ナタリアは、こてんと首を傾げる。

「自然に生えていない花の香りがしたということは、誰かが持ち込んだということでしょうか？　それは、なにかの役に立つ花なのですか？」

「怪我の治療などに使われている、催眠作用のある花だよ。意識が朦朧とするから、痛みや刺激に鈍感になれるんだ。いわゆる麻酔のようなものだ」

言い終えたリシュタルトの顔はひどく真剣で、それ以上質問できる雰囲気ではなかった。

そしてやにわに「もう寝ろ」と促され、ナタリアはしぶしぶベッドに入ったのである。


真夜中。

微かな物音がして、ナタリアは目を覚ました。

月光の差し込む窓辺に、リシュタルトが立っている。

（こんな時間にどうしたのかしら？）

違和感を覚え、寝たふりをしたまま様子を観察する。

すると、彼のフサフサの尻尾が大きく旋回し、銀色の髪がふわりと逆立った。

あっと思ったときにはもう、リシュタルトは銀色の狼に変身していた。

そしてひらりと窓枠を飛び越え、外へと走り出ていく。

（どこに行ったのかしら？）

ナタリアは飛び起きて、窓辺に駆け寄った。

暗闇の中、獣化した父のうしろ姿が、ドラドのいる山の方へとぐんぐん遠ざかっている。

（こんな夜中に山に？　もしかして、今からひとりでドラドを捕獲しに行くのかしら？）

捕獲は明日行うと言っていたが、昼間のドラドの様子から、夜中の方が適していると考えたのかもしれない。

「どうしよう、気になる……」

リシュタルトは獣操師ではないが、獣化できる希有な存在。

子ドラドを目線で操っていたし、母ドラドを操るのも、きっとわけないのだろう。

獣操学を勉強している身としては、彼がドラドを保護する姿を見たくて、居ても立ってもいられなくなる。

もしも鉢合わせたら、勝手な行動をしたと、嫌われてしまうかもしれないけど……。

（バレなきゃいいのよね）

我慢できなくなったナタリアは、手近にあったハンカチを頭巾にして軽く変装し、ネグリジェのままこっそり部屋を抜け出すことにした。

夜のトプテ村は闇の中に沈んでいた。人っ子ひとりおらず、閑散としている。

ナタリアは壁から壁へと身を隠しつつ、ドラドがいる山を目指した。

途中、真夜中だというのに、煌々《こうこう》と明かりの灯っている家に行きつく。

中から、コソコソと会話の声がしている。壁にぴったりと張りついているせいで、そのつもりがなくとも、話の内容が耳に入ってきた。

「皇帝が滞在中だというのに、なにも今夜決行しなくていいんじゃないか？」

リシュタルトの話題が出てきて、ナタリアは思わず足を止める。

（決行って、なんのことかしら？）

気になって、しばらくそのまま立ち聞きをすることにした。

「皇帝に声をかけられ、素直に母ドラドのところに行く子ドラドを見ただろ？　明日、母ドラドも皇帝に操られて、おとなしく保護されてしまうだろう。その前に捕獲しようというのが村長の考えだ」

「たしかに、以前捕獲したドラドを売り飛ばしたとき、村は随分潤ったからな。保護される前に捕らえて、金に換えようというわけか」

恐ろしい内容の話に、ナタリアは青ざめる。

希少種のドラドは、闇ルートで極秘に売買されることがあるとギルが言っていた。ドラドはかなり高額なため、どんなに厳しく律しようと、密売人があとを絶たないらしい。

「今まで無理だったのに、今夜のうちに捕まえることなんてできるのか？　今回のドラドは、ラーの花の紛薬を使っても捕獲できなかったんだぞ？　あの花の催眠作用は、人間の何倍も獣に効果的なはずなのに」

「捕まえるんじゃない、撃ち殺すんだ。ドラドは死んでもまずまずの高値で売れるからな」

（なんてこと……！）

本来はおとなしいはずのドラドが獰猛化したのは、村人たちに何度も捕獲されそうになったからだった。

母ドラドは、ほかでもない、村人を怖がっていたのである。

獣の命を人間の私利私欲のために利用するなんて、あってはならないことだ。

ナタリアの小さな胸に、ふつふつと怒りが沸き起こる。
(絶対に助けてあげるから……!)
固く決意すると、ナタリアはドラドのいる山に向かって夜道を急いだ。
暗闇のなかそびえる山では、松明《たいまつ》の灯があちこち行き交っていた。
村人たちが、躍起になってドラドを探しているようだ。
(どうしよう。来たはいいけど、考えてみれば私になにができるっていうの?)
リシュタルトのような力もないし、獣操師にもまだなれていない。
身体だってこんなにも未熟だ。
少しはなにかできることがあるかもしれないと思ったけど、考えが甘かった。
ナタリアは四歳のちっぽけな少女にすぎない。
自分の無力さを思い知ったとき、すぐ脇の茂みがガサッと揺れる。
「え?」
驚きのあまり、ナタリアは息を呑んだ。
茂みから出てきたのが、母ドラドだったからである。
だが昼間と違って獰猛化しておらず、赤くたぎっていた瞳は黒く穏やかだ。

音もなくこちらに近づいてくる巨体は、ナタリアの五倍はあるだろう。

母ドラドは、子ドラドを咥えていた。

そしてナタリアの目の前に、そっと子ドラドを降ろす。

「クゥ～！」

子ドラドはナタリアを見つけるなり、うれしそうに尻尾を振ってすり寄ってきた。

とっさに、綿あめのようなその身体を抱きしめる。

こちらをじっと見つめている母ドラドと目が合った。

暗闇の中、ひたむきにナタリアに視線を注いでいる黒い瞳――。

ナタリアには不思議と、母ドラドがなにを望んでいるのか分かった。

「わたしに、この子を預けにきたの？」

母ドラドは肯定するように瞬きをして、くるりと背を向け茂みに戻っていく。

「待っ――！」

――バンッ！

ナタリアが母ドラドを呼び止めようとしたのと、銃声が轟《とどろ》いたのはほぼ同時だった。

茂みの手前で、母ドラドの身体が弾け飛び、ズサッと地面に倒れる。

腹部からは、暗闇でも分かるほど大量の血が流れ出ていた。

「や……っ！」

ナタリアはショックのあまりガクガクと震え、身動きが取れなくなる。

子ドラドを抱きしめているだけで精いっぱいだった。

「弾が当たったぞ！」

「こっちだ！」

男たちの声が茂みの向こうから聞こえ、ナタリアはハッと我に返った。

横たわる母ドラドは、もう動く気配がない。

「見ちゃだめ……！」

ナタリアは、震える手で子ドラドの両目を塞いだ。

彼らの私欲のために、どうしてなんの罪もない母ドラドが殺されなければならないのだろう。

あまりの理不尽さに目に涙が浮かぶ。

「大丈夫。あなたのことは、必ずわたしが守るから……」

ナタリアは泣きながらも子ドラドをぎゅっとすると、大木の陰に身を潜めた。

「見ろ、やはり命中してる！」

「近くで見るとかなりの大物だな。こりゃ相当な金になるぞ、早く村長に知らせよう。皇帝に気づかれないうちにどこかに隠すんだ」

「急にドラドがいなくなったら、不審がられないか？」

「ドラドは森に引っ込んでいることの方が多いんだ、気づかないさ」

男たちの声を背中で聞きながら、ナタリアは木陰でやるせない思いをかみ殺していた。

「そういやドラドの子供はどこに行った？」

「逃げたんだろう。だがまだ子供だ、その辺にいるに違いない。子ドラドの生体は相当な値がつくからな。逃がすんじゃないぞ、生きたまま捕獲しろ！」

男たちが茂みを掻き分け、探索を始める。

ナタリアが見つかるのも時間の問題だった。

（どうしよう……）

「クウー」

縮こまるナタリアの腕の中で、子ドラドが悲しげに鳴いた。

ナタリアは、ハッと身を凍り付かせる。

「鳴き声がしたぞ！　こっちだ！」

逃げようとしたが、あっという間に、男のひとりに木陰に回り込まれた。

「……へ？　皇女がどうしてここに？」

やばい、気づかれてしまった。

絶体絶命のピンチに、ナタリアはなすすべなくガクガク震えることしかできない。

ありえない状況に、男の方も動揺しているようだ。

「どうした？　子ドラドは見つかったのか？」

どこからか、村長ダスティンの声がした。

なにがあっても離すまいと、ナタリアは子ドラドをますます強く抱きしめる。

「――おや？」

ナタリアを見つけるなり、ダスティンが表情をゆがめた。

昼間見た紳士的な彼からは想像もつかない醜悪な顔である。

「皇女がなぜここにいる？　しかも子ドラドを抱いているではないか⁉」

荒々しい怒声。ナタリアは、怯えながらダスティンを見上げる。

目が合うと、ダスティンはとってつけたような笑みを浮かべ、妙に優しい口調で言い聞かせてきた。

「皇女様、こんな時間に子供が外を出歩いてはいけませんよ。そのドラドは、保護しなければなりません。早くこちらにお渡しください」

「うそよ！　あなたたちは、この子のお母さんを銃で撃ったじゃない！　この子にもひどいことをするんでしょ？」

涙ながらに、キッと睨みつける。

「おや、見られていたのですね。これはどうしたものか」

ダスティンの顔から、みるみる笑みが消えていった。

身の危険を感じたナタリアは、ヒュッと息を吞む。

――そのとき。

ナタリアとダスティンの間に、突然突風が吹き荒れた。

大きな銀色の狼が、ナタリアをかばうようにして目の前に立ちふさがり、ダスティンに向かって鋭い牙を剝き出している。

（お父様……！）

突如現れた狼に圧倒され、ダスティンが後ずさった。

「なんだ、この狼は⁉」

彼の背後にいる村人たちが、狼に向けていっせいに銃を向ける。

どうやら彼らは、この狼がリシュタルトだと気づいていないようだ。

リシュタルトは、よほどのことがないと人前で獣化しない。

そのため、彼の獣化した姿を知っているのは近しいごく一部の人間だけなのだ。

「早く撃て！」

ダスティンの命令を受けて、村人たちが次々と狼に向けて発砲する。

だが狼はひらりと弾を交わし、銃を持っている村人たちの腕に続けざまに噛みついた。

「うわあぁぁぁっ！　噛まれた！」

「こいつ、バケモノみたいに強いぞっ！」

圧倒的な強さの狼を前に、村人たちが敵うはずもなかった。

腕や足を噛まれ、次々と戦闘不能になり、その場で悶える。

獣化した父の華麗な身のこなしに、ナタリアは目を奪われていた。

月灯りの中で銀色の毛を煌めかせながら闘う姿は、神々しいまでに美しい。

だが、それがいけなかった。

リシュタルトに見とれるあまり、腕の力が緩んだらしい。

「よし！　捕獲したぞ！」

ナタリアが気を抜いた隙に、若い男がナタリアから子ドラドを取り上げ、乱暴に袋に放り込んでしまう。

「クゥーッ！　クゥーッ！」

子ドラドは、袋の中で苦しげにもがいていた。

「待って！　その子を返して！」

ナタリアは我に返ると、男が手にした袋に必死にしがみついて、子ドラドを奪い返そうとした。だが、男は袋を大きく振ってナタリアを振り払う。

ナタリアの小さな身体はあっけなく弾け飛び、勢いよく地面に叩きつけられた。

腰を強く打ったせいで、立ち上がりたくとも力が入らない。

そうこうしている間にも、子ドラドを入れた袋を持った男はどんどん逃げていく。

「どうしよう……」

不甲斐なさから、目にみるみる涙が溜まっていった。

すると、頭に温かな感触がする。

「泣くな、ナタリア」

いつの間にか人間の姿に戻ったリシュタルトが、地面に倒れこんだナタリアの前にひざまずいていた。

ゆっくりとナタリアの頭を撫でる、ぎこちない手つき。

それでも、彼の優しさが大きな掌から伝わってきて、ナタリアは緊張が解けたようにポロポロと涙をこぼした。

周りでは、虚を突かれた顔で、男たちがリシュタルトを見つめている。

「なぜ皇帝が急に現れたんだ？」

「まさか、あの狼は皇帝だったのか……？」

いっせいに青ざめ、あたふたする男たちの中で、ダスティンだけはなにも言わずに唇を噛みしめていた。

もしかすると彼は、狼の正体がリシュタルトだと気づいていたのかもしれない。

漆黒のマントを翻し、リシュタルトが鋭く男たちを睨みつけた。

視線だけで人を射殺しかねないまなざしに、彼らが「ひぃっ」と怯えた声を出す。

「お前たちの罪は重い。ドラドを殺害しただけではなく、俺への攻撃に、皇女への暴行。これがどういうことか分かるか？」

「どうか、お許しを……！」

リシュタルトに向け、ガバッと土下座をするダスティン。

「私どもは、正当防衛からやむなく銃でドラドを撃ったのです。それから陛下に攻撃したのは、あの狼が陛下だとは知らなかったからです。皇女様のことにつきましては、暴力をふるった者を厳しく処罰しますので……！」

リシュタルトが、不快そうに眉間に皺を寄せた。

「しらじらしい。そもそもドラドが獰猛化したのは、お前たちがラーの花を使って催眠状態にし、捕獲しようとしたからだ。売り飛ばして金儲けをするつもりだったのだろう？　自生していないラーの花の香りがしたのが、なによりの証拠だ。ドラドの売買は法律で禁止されている。禁固刑は免れないな」

洗いざらい見抜かれ、ダスティンは愕然としていた。

もはや抗う気力をなくしたのか、その場にガクンと膝をつく。

周囲の男たちは、あきらめの目でそんな村長を傍観していた。

その後、駆けつけたリシュタルトの従者たちによって、ダスティンをはじめとした村の重役が捕縛された。

悪人どもが次々と縄をかけられている頃、リシュタルトがナタリアのもとに戻ってくる。

「お父さま、お母さんドラドはどうなるのですか……？」

ナタリアは、泣きながらリシュタルトに尋ねた。

暗闇の中、いまだ横たわったままの母ドラドに、リシュタルトも悲しげな視線を向ける。

「この地に丁重に葬り、石碑を建てる」

「わたし、なにもできなかった……」

ひっくひっくと喉が震え、涙が止まらない。

泣きじゃくるナタリアを、リシュタルトは胸に抱き寄せてくれた。

「いいや、お前はよくやった。こんなに小さいのに、子ドラドを守ろうとしたのだからな。夜中に勝手に抜け出したことを叱るべきなのかもしれないが、今回は見逃そう。そもそも、ドラドが危険に晒されているのを予感しながら、すぐに見つけ出すことができなかった俺が悪いんだ」

冷血漢と名高い皇帝とは思えない優しい言葉に、平常時のナタリアだったら驚き喜んでいただろう。だが今は、母ドラドを守れなかった悔しさでそれどころではなかった。

リシュタルトはそれ以上なにも言わず、泣きじゃくるナタリアの傍にいつまでも寄り添ってくれた。

リシュタルトの言葉通り、母ドラドは翌日丁重に葬られた。

そのさらに翌日、リシュタルトとナタリアはトプテ村をあとにする。

道中、帰路を変更して子ドラドを預けに獣保護施設に寄った。

だが、子ドラドはナタリアの傍を離れず、引き離そうとする者に牙を剥く。

そのため、業を煮やしたリシュタルトは、ナタリアが子ドラドを飼うことを特別に許可した。

ナタリアは雪のように真っ白なドラドに、前世の言葉である〝ユキ〟と名づけ、大事にかわいがるようになったのである。

# 第三章　獣人皇帝、娘を甘やかす

それから二年が過ぎたある朝。

ナタリアが厨房でユキの餌を用意し、ドロテを連れて部屋に戻ると、ドアを開けるなりユキがぴょんぴょん跳ねて出迎えてくれた。鼻のいいユキは、ナタリアが部屋に戻ってくるのをいつも分かっていて、ドアの前で待っている。

出会った頃は小さかったユキも、二年の間にナタリアよりも大きくなっていた。ちなみに一緒に住んでしばらくしてから分かったことだが、ユキは女の子である。

「ウォンッ！　ウォンッ！」

「ほら、ご飯よ」

骨付きの羊肉をこんもりと盛ったお皿を置くと、ユキは尻尾をパタパタしながら食べ始めた。

「ナタリア様、おかえりなさいませ。大ニュースです！」

アビーが、興奮気味に近づいてくる。

「来月、リシュタルト様の戴冠二十周年パーティーが行われるのはご存じですよね？」

「ええ。お父さまは来ないけど、開催されるんでしょ？」

リシュタルトのパーティー嫌いは有名だ。

城の晩餐会や舞踏会は、皇帝不在で行われるのが当たり前になっている。

六歳のナタリアは今回パーティーに参加するのは初めてで、少し緊張していた。

「それがなんと、今回はリシュタルト様も出席なさるそうですよ！」

「まあ、そうなの？」

それは、いったいどういう心境の変化だろう？

「そのうえ、ナタリア様に巷で評判の仕立て屋に行く特別許可が下りたのです！すっごくかわいいドレスを作ってくれるって大人気の店なんですよ！」

アビーが、テンション高く手を叩きながら言った。

「またドレスを作るの？　この間もたくさん作ってもらったばかりなのに」

「ナタリア様はどんなドレスを着てもお似合いで、天使のようにかわいらしいですからね。リシュタルト様もドレスを仕立てるのが楽しいのでしょう。新しいドレスをお召しになられるナタリア様を見るたびに、機嫌がよいようですから」

尻尾をパタパタさせながら、ドロテもうれしそうに会話に加わってくる。

「突然パーティーに出席すると言い出されたのも、ひょっとするとナタリア様の着飾られた姿が見たいからじゃないですかね？」

「そんな理由で苦手なパーティーに出るとおっしゃられているの？　まさか、それはないでしょう」

ドロテの冗談を、ナタリアは小さく笑い飛ばした。

その日のうちに、ナタリアは巷で評判の仕立て屋とやらに行くことになった。

ドレスに興味はないが、町に出られるのはうれしい。

リシュタルトとともに獣保護施設に行く以外、ナタリアはほとんど城から出たことがないからだ。

だが――。

「ものすごく注目されてるわね」

金細工でふんだんに装飾された豪華な四頭立ての馬車の中で、ナタリアは身を縮めた。

馬車の周りには、野次馬がひっきりなしにいる。

ナタリアを乗せた大型の馬車だけでなく、従者を乗せた二頭立ての馬車が二台、それから先頭と最後尾にはそれぞれ騎乗した獣人騎士までいて、目立つことこのうえないからだ。

「これじゃ、まるでパレードよ。もっと質素にできなかったのかしら」

「陛下がお忙しくされていて、ナタリア様に付き添えないため、厳重に警護するようにとのご命令ですからね。仕方ございません」

ナタリアの向かいに座っているギルが言った。

ちなみに馬車の中には、ギルのほかに、ドロテとアビーも乗っている。

馬車の豪華さに、ふたりはきゃっきゃとはしゃいでいた。

ナタリアは落ち着かない気持ちでいたが、窓の向こうにコバルトブルーの海が見えてくると、あっという間に気分が高揚する。

「海だわ……！」

転生して以来海を見るのは初めなので、思わず身を乗り出した。

「今から向かう仕立て屋は港町にあるのです。港町には異国の出身者がたくさんいますからね。店主も遠い異国の出身で、この国にはない独特のデザインが、お若いご令嬢の間で評判を呼んでいるようですよ」

ギルの説明を聞きながら、ナタリアは目をキラキラと輝かせた。

煌めく海に面した、青い屋根に白壁の家々が連なる港町は、まるで絵画の世界のように色鮮やかで美しい。

行き交う人々も、この国の人とは装いが違う。

ターバンを巻いている人や、見たことのない民族衣装を着ている人、肌の色が違う人。

「ねえ、ギル。あの人はどこの国から来た人かしら」

「装いからして、南大陸のようですね。あの特徴的なターバンは、ベルギナ人でしょう」

「ベルギナ？　そんな国があるのね」

この大陸のことはたくさん書物で勉強したが、別大陸のことをナタリアはまだほとんど知らない。

「ねえ、ギル。あの獣人は？」

「彼も南大陸の出身でしょう。肌が浅黒いので、ポートスじゃないでしょうか？」

「南大陸にも獣人はいるのね」

「この大陸よりは少ないですが、いるにはいますよ。獣人が多いのは北大陸です。ちなみに北大陸には獣も多く、獣操師が引く手あまたらしいですよ。北大陸には行ったことがないので、あくまでも書物からのみの知識になりますが」

（北大陸か。この大陸じゃないところに住むのもありかもしれないわね）

今までナタリアは、別大陸に住むことは考えていなかった。最終的には大陸の端にあるピット国に移住することを目標としてきたけれど、別大陸に住むという選択肢も悪くない。

そうすれば、より確実にアリスとの接触を避けられる。

だが、この大陸の人間には会えなくなってしまうだろう。

リシュタルトの顔が、ぼんやりと頭に浮かんだ。

この先ナタリアを断罪する憎き父親のはずなのに、会えなくなると寂しく思う自分がいる。

彼など、安定した生活を送るための金づるとしか思っていなかったのに……。

ナタリアの行動のせいか、この世界は〝モフ番〟の世界とは少し違ってきている。

アリスが現れても、ナタリアがリシュタルトに大事にされる可能性もゼロではないのだ。

（もう少し様子を見てもいいのかも）

遠くに逃げる必要がないのなら、それにこしたことはない。

この頃ナタリアは、そんな淡い期待を抱くようになっていた。

リシュタルトの戴冠二十周年記念パーティー当日。

この日のために仕立てたドレスを着たナタリアは、姿見の前で、アビーとドロテに大げさに褒めたたえられていた。

「まあ、なんてかわいらしい！　いつもかわいらしいですが、間違いなく今までで一番です！」

「これほど愛くるしい皇女がこの世にほかにいるでしょうか！」

薄い黄色のドレスは高めの位置に切り替えが入っており、幾重にも重ねられたレースが、まるで花開くようにスカートを形作っていた。スカートの表面を覆う薄いレースには、山吹色の花模様と緑のツタ模様が緻密に縫い込まれ、袖部分も同様の刺繍で装飾されている。

腰まで伸びた茶色い髪は高く結い上げられ、頭上には、この日のためにリシュタルトが用意してくれたシルバーのティアラが飾られていた。

イエローダイヤで装飾された煌びやかなそのティアラは、ドレスの色に合わせてあつらえたかのようにぴったりだ。

ナタリアがアビーとドロテを伴って螺旋階段を下りると、玄関ホールでレオンが待ち構えていた。今宵のナタリアのエスコートは、彼がすることになっている。

レオンはナタリアを見るなり凍り付いたように固まり、その後、自らの金髪をグシャグシャにしながら喚いた。

「ああ、もう！　僕の妹はなんてかわいいんだ！　どうしたらいい⁉　僕はどうしたらいいんだ⁉」

「レオン様！　せっかく御髪《おぐし》を整えたのに、そんなことをなされては台無しではないですか！」

付き添いの爺やにきつくお叱りを受けていた。

今宵のレオンは、金の前飾りが連なる紺色の胴衣に、白のトラウザーズを穿いている。いかにも王子といった装いは、彼に怖いほど似合っていた。

「お兄さま。私、初めてのパーティーで緊張してるんです」

ナタリアが弱気な声を出すと、レオンはきりりと精悍な顔つきになる。

「大丈夫だ、ナタリア、僕がいる。パーティーなんてどうってことないよ。君はかわいいから注目を浴びるかもしれないが、周りの人間は芋とでも思っておけ」

「はい、お兄さま」

そう答えたものの、緊張はぬぐえなかった。

正しくは緊張ではない、恐れているのだ。

ナタリアとして生きている今、パーティーには嫌な印象しかない。

〝モフ番〟のクライマックス、ナタリアはパーティーにてリシュタルトに投獄を言い渡される。

そして大勢の人が見ている中、羽交い絞めにされて連行されるのだ。

読み手としては、悪役令嬢がついに捕えられるざまあなシーンだが、自分の身に降りかかると思うとぞっとする。今になってみると、リシュタルトも、なにも公衆の面前でナタリアに恥をかかさなくてもいいのではと思う。

もちろんこのパーティーではないが、ナタリアは一刻も早くパーティーが終わってくれることを祈っていた。


レオンとナタリアは、城の大広間に向かった。

荘厳としたゴシック建築のそこは、宴や式典を行う専用の場所である。

見事な光沢を放つ大理石の床に、獣神を描いた壮大なフラスコ画の天井。

レオンがナタリアを連れて大広間に入るなり、わっと人々の視線が集中した。

「まあ、レオン皇太子だわ。年々素敵になられるわね」

「まだお若いのに、なんてカッコいいの！」

齢《よわい》十三にして、令嬢たちに熱い視線を送られているレオン。

彼女たちの興味は、次第に隣にいるナタリアへと移っていった。

「あら？　お隣にいらっしゃるお嬢様って、もしかして……」

「噂のナタリア皇女じゃない？」

ザワッと辺りにどよめきが走る。

ナタリアの母が不貞を働きリシュタルトに処刑されたことは、周知の事実。人々にとっては、ナタリアは生まれながらにして冷徹皇帝に忌み嫌われ、離宮に隔離されている気の毒な皇女というイメージしかない。

それがどうしてこんなところにいるのかと、とたんに興味本位の視線を向けられた。

「おや？　皆が君を見ているね。僕の妹がかわいすぎてびっくりしているんだろう」

レオンがニヤニヤしながら、空気の読めない発言をしている。

ナタリアはそんな兄に対し、苦笑いを浮かべることしかできない。

（お父様はまだいらっしゃっていないようね）

広間の最奥、一段高いところにある玉座は空である。

そうこうしているうちにパーティーが始まり、立食式の会食を経て、ダンスタイムになった。

リシュタルトは、一向に現れる気配がない。

主役不在のまま、パーティーは終盤に近づいていく。

(きっと、直前になって嫌気が差したのね。こんな社交の場にいるお父様なんて、やっぱり想像できないもの)

一方でレオンはというと、令嬢たちにひっきりなしに色目を使われ、困った顔をしながらもダンスの相手をしていた。彼の華麗な身のこなしを見て、令嬢たちはよりいっそううっとりとしている。

まだ六歳のナタリアは、ダンスの誘いを受けることなく、隅の椅子で暇を持て余していた。

だが、いよいよダンスタイムも佳境というとき、入口の扉が大きく開かれる。

瞬間、その場にいた人々は一様に息を呑んだ。

皇帝リシュタルトが、黒いマントを翻しながら、颯爽と中に入ってきたからである。

「うそ、皇帝陛下だわ！」

「パーティーにいらっしゃるなんて珍しい……！」

曲を奏でていた演奏者もダンス中の人々も、ひとり残らず中断して、彼に向かって頭を下げる。その真ん中を、当然のように堂々と歩むリシュタルト。

静まり返った広間には、リシュタルトのブーツの足音だけが、コッコッと鳴り響いていた。

（これが、お父様のお力……）

泣く子も黙る獣人皇帝リシュタルトの権力は絶対なのだということを、ナタリアは今さらのように思い知る。

リシュタルトは玉座に向かう途中で立ち止まり、なぜかゆっくりと辺りを見渡した。

そして、隅にいるナタリアと目が合うと、迷わずこちらへと歩んでくる。

「ナタリア、こんなところにいたのか」

リシュタルトは、新しいドレスを着たナタリアを上から下まで眺めたあとで、目に見えて口元を綻ばせた。

「陛下が、笑みを浮かべられたぞ……！」

「あんな優しそうな笑い方ができるお方だったなんて、知らなかったわ」

ヒソヒソとささやかれる人々の声。

「ダンスは踊らないのか？」

「私は社交界デビューがまだですので、踊れません」

この国では、十三歳になって社交界デビューしないと、公の場で踊れないという決まりがある。

「そうだったか。そういえばそんな規則があったな。それでは、ともに眺めよう」

リシュタルトはナタリアの手を引いて、玉座に向かった。

従者たちが慌ててナタリアの椅子を用意してくれ、ちょこんと隣に腰かける。

ひと段落したところで演奏とダンスが再開されたが、誰もが玉座にいるリシュタルトとナタリアに意識を向けているため、注意散漫になっていた。

パーティー嫌いで有名な冷徹皇帝が姿を現しただけでなく、曰くつきの皇女に優しく微笑みかけ、そのうえ傍に置いているのだ。いったいなにが起こっているのか、状況を理解しかねているようだった。

一方のリシュタルトは、ひじ掛けに肘をつき、長い脚を組みながら、たいして興味がないように踊っている人々を眺めている。

「お前はダンスは得意なのか？」

リシュタルトが、ふとナタリアに聞いた。

「いいえ。どちらかというと苦手です」

ナタリアは勉強は得意だが、運動系はそうでもない。

ダンスレッスンのたびに、憂鬱な気持ちになっていた。

苦い顔をするナタリアを見て、リシュタルトがフッと笑う。

「それなら、デビューのときは苦労するだろうな」

「でも、そのときはお兄さまがお相手をしてくださるそうなので、誤魔化せるとは思います。お兄さまはダンスがお上手ですから」

レオンに言われたことを思い出し、適当に返事をする。

「──もう、レオンと踊る約束をしたのか？」

リシュタルトの声が、あからさまに低くなった。

「え？　あ、はい」

リシュタルトの突然の雰囲気の変わりように、ナタリアは動揺した。

なにか、気に障ることを言っただろうか？

銀色の耳が、イラついたようにピクピクしている。

「そういえば、お前が初めて喋った言葉は『お兄様』だったらしいな」

「へ？　そうでしたっけ」

「レオンが自慢げに言っていた」

「そういえば、そんな気もします……」

リシュタルトはそれきり黙り込んでしまい、ますます空気が重くなる。

そのとき、曲が終わった。ダンスをする人々が、交代する時間である。

すると突然リシュタルトが立ち上がり、ナタリアに手を差し伸べた。

「ナタリア、俺と踊ろう」

ナタリアは、自分の耳を疑う。

今、ありえないセリフを聞いたような——。

返答に詰まっていると、じれたように手を引かれ、広間の真ん中に連れ出された。

リシュタルトが、緊張でカチンコチンのナタリアと向かい合って立つ。

「今から練習しておけば怖くない」

「でも、私はまだ十三歳になっていないので……」

「俺を誰だと思っている？　この国の皇帝だぞ。社交界にデビューしていないお前が今から踊ることを特別に許可してやろう」

うっすらと口角を上げながら、唐突に権力を振りかざされた。

「は、はい……」

断れる雰囲気ではなく、おずおず返事をすると、周囲の人々が再びざわつく。

「まさか、あの皇帝陛下がダンスを踊られるの？」

「しかもお相手は噂の忌み姫よ。信じられないわ」

そうこうしているうちに演奏が始まり、広間中の注目を浴びながら、ナタリアはリシュタルトに導かれてステップを踏んだ。

リシュタルトは、想像もできなかったほどダンスがうまかった。

ナタリアとはかなりの身長差があるから踊りにくいだろうに、少しもそんなことは感じさせない。

「うまく踊れるじゃないか」

他人を褒めることがなさそうな彼に褒められ、ナタリアはうれしくなる。

ナタリアがうまいのではない、リシュタルトのリードがうまいのだ。

腰に据えられた彼の掌を、いつも以上に頼もしく感じた。

「まあ、なんて見目麗しい光景なのかしら。おふたりともお顔が整っているから、よりいっそう美しく見えるわ」

「皇女様は本当に愛されているんだな。泣く子も黙る皇帝も、愛娘だけは目に入れても痛くないというわけか」

ナタリアは、まるで夢を見ているような心地で踊り続けていた。

片時もナタリアから目を離さないリシュタルトのまなざしは、穏やかで温かく――。

彼がこういった表情を見せるのは自分にだけだということを、ナタリアは知っていた。

（私、お父様に本当に愛されているのね）

彼を攻略しようと決心した日は、そんな日が訪れるのかしらと不安しかなかったが、今ははっきりとそう感じる。

（この調子なら、アリスが現れても、お父様は私のことを投獄したりせず大事にしてくれるんじゃないかしら？）

そんな考えが、胸の内で最大限まで膨れ上がった。

ナタリアも、できればリシュタルトと離れたくない。

断罪という危険がないのなら、逃げたりせず、このまま彼の傍にいたい。

「お父さま」

「なんだ？」

「……なんでもないです」

ナタリアは照れたように笑って誤魔化した。

『お父さまのことが大好きです。ずっとお傍にいたいです』と伝えるつもりだったが、急に恥ずかしくなって、言葉を呑み込んでしまったのだ。

「なんだ、気になるじゃないか」

リシュタルトが、もじもじと言い淀んでいるナタリアを見て愛しげに目を細めた。

「それにしても、踊っているお前もかわいいな」

『かわいい』と言葉にされたのは初めてで、ナタリアはポッと頬を赤らめる。

これまでの転生人生で、間違いなく一番幸せな時間だった。

——その直後までは。

「まるで水遊びをしている子ドラドのようだ」

それは、唐突なセリフだった。

一瞬にして、ナタリアの全身から血の気が失せていく。

そんなナタリアに気づく様子もなく、リシュタルトが微笑んだ。

「洗濯係だったわりに、ダンスがうまいんだな」

(今、なんて……?)

そのセリフには覚えがある。

〝モフ番〟のラスト、アリスのことを気に入ったリシュタルトが、祝賀パーティーで彼女と踊った際に口にするセリフだ。

そのとき、アリスはオフホワイトに水色の装飾があしらわれたドレスを着ていた。

だからリシュタルトは、オフホワイトをドラドに、水色の装飾を水に例え、踊るアリスを表現したのだ。

だが、今ナタリアが着ているのは黄色いドレス。

間違っても、そんな比喩は出てこないはずだ。

それに、次に出てきた洗濯係云々というセリフは、あきらかにアリスのことを示していて……。

（どうして今、そのセリフを……）

怯えながらリシュタルトを見つめるナタリア。

心臓がドクドクと乱れ打って、落ち着く気配がない。

「どうした？　疲れたか？」

「はい、少し……」

「そうか、それならこの曲で終わろう」

ダンスを終えて、玉座の隣に戻っても、ナタリアの心は晴れないままだった。

リシュタルトとナタリアがダンスを踊るシーンは、〝モフ番〟の中にない。

だからアリスとのダンスシーンと勘違いして、リシュタルトの中でバグ的なものが生じたのだろう。

（これからも、こういうことがあるのかしら……）

娘として愛される日々に慣れてしまい、忘れかけていたが、リシュタルトは〝モフ番〟のストーリーの都合上この世界にいる。

始めはアリスの弊害となるが、最終的には彼女を気に入って物語を盛り上げる役割以外の何者でもない。

運命には抗えない。

ナタリアがどんなに頑張っても、必ずどこかで補正が入る。

先ほどのリシュタルトの不自然なセリフは、そのことを示唆しているように思えた。

恐ろしさに、ナタリアは身震いする。

アリスが現れたら、ナタリアが掻き乱したストーリーのブレがあっという間に補正され、リシュタルトは筋書き通り行動するようになるだろう。

ナタリアへの愛情が冷め、アリスに気持ちが傾いていくリシュタルトを見る日は確実に来る。

やはり、このまま彼の傍にい続ける選択肢はありえない。

（アリスには絶対に会いたくない……！　十五歳まで待ってられないわ。念には念を入れて、十三歳になって資格を取ったらすぐに城を出られるよう準備を進めなくちゃ！）

　ナタリアは、あらためて決心したのだった。

「私、いずれは北大陸に留学しようと思っているの」

　翌日の勉強途中、ナタリアは真面目な顔でギルに告げた。

　リシュタルトの優しさにはもうだまされない。

　彼を利用するだけ利用して、早いうちにこの国からとんずらしなくちゃ。

　それも、絶対にアリスと出くわさないような遠い北大陸へ。

　書物から顔を上げたギルは、バイオレットの瞳を見開くと、まじまじとナタリアを見た。

「これはまた急な相談ですね。でも、どうして北大陸なのですか？　南大陸の方が住みよいですし、留学には適していると思いますが」

「獣操学を勉強したいからよ。北大陸には獣がたくさんいて、獣操師の仕事が引く手あまたなんでしょ？　前に、ギルが言っていたじゃない。獣操学を勉強するには、北大陸が最適だわ」

「なるほど、たしかにそうですね」

さすがに永住したいと言うと反対されそうだから、あくまでも留学という話にしておく。

留学という名目で北大陸に移住して、なんやかんや理由をつけて国に帰らなければいいのだ。

アリスのチートヒロイン力が働いて、もしもリシュタルトからの援助が断ち切られたとしても、獣操師として活躍できる北大陸であれば生活に困らない。

ナタリアの隣に行儀よく座っていたユキが、同意するように「ウォン!」と鳴く。

ナタリアはユキの頭を抱き寄せ、「ユキも一緒に行こうね」と優しくささやいた。

「それでね、留学のために北大陸についての情報を集めようと思ってるの。今までみたいにギルに教えてもらってもいいんだけど、ギルは北大陸には行ったことがないんでしょ?」

「ええ、残念ながら」

「なら、港町に連れて行って。港町には北大陸出身の人もいるんでしょ? 長く過ごすことになるかもしれないから、できるだけリアルな情報が欲しいの。お父さまは許してくれないと思うからこっそりよ」

「困ったお姫様ですね。バレたら陛下に私が殺されるじゃありませんか」

「ダメ？」

ナタリアは、シュンと肩を落とした。

無理なお願いだというのは分かっている。だが、頼れるのはギルだけなのだ。

さすがに断られるかしら、としょげていると。

「いいでしょう」

ギルは、わりとあっさり受け入れてくれた。

「え？　いいの？　バレたら殺されるかもしれないのよ」

「私がナタリア様の頼みを断ったことがありましたか？」

「ないけど……」

「ですよね？　では、さっそく明日にでもお忍びで出かけますか」

「本当に⁉　さすがギルだわ！」

ナタリアは手を叩いて喜んだ。

優秀で従順な家庭教師がいて、本当によかった！

翌日、ギルは変装用の服を一式持ってきてくれた。

えんじ色の編み上げベストと生成り色のワンピースは、いかにも庶民の娘という雰囲気で、町にしっくり馴染めそうだ。ギルは自分にも、白のチュニックシャツと茶色のズボンという、農夫のような服を用意していた。

「私たちは兄妹という設定にしましょう。私のことは『お兄ちゃん』と呼んでください。あなたのことはミドルネームのベルとお呼びしますので」

「分かったわ」

「それから、人前ではあなたに敬語は使いません。兄が妹に丁寧な言葉遣いをしていては、不自然ですから。よろしいでしょうか？」

「もちろんよ」

ギルの計画通り、港町に向かう馬車に忍び込む。御者とあらかじめ話をつけていたようで、荷物を詰め込んだ荷台には、ギルとナタリアが身を隠すのにちょうどいい空間が作られていた。

やがて馬車は、港町の路地裏に停泊する。

ドレスを脱ぎ捨て、下に着ていた町娘の恰好になると、ナタリアはギルとともにこっそり外に出た。

ギルが紙幣を握らせると、御者は快く受け取って、手綱を引いてもと来た道を戻っていった。

　あまりにもスムーズに事が運びすぎて、いささか拍子抜けしてしまう。

「なんか慣れてない？　こういうこと」

「そうですか？　そうでもないですけど」

「そういえばギルって、城に来る前から家庭教師をしてたの？」

　ギルが、横目でナタリアを見る。

「気になりますか？」

「うん、気になる」

　考えてみれば、ナタリアはギルのことをほとんど知らない。

　どことなく品格があるのでもしかして貴族出身？などと考えていると、突然ぎゅっと手を握られた。

「はぐれたら困りますので」

　びっくりしているナタリアに、ギルはなぜか色気たっぷりに微笑みかけてくる。

「……それはそうよね」

　ナタリアの手を握ったまま、裏通りから表通りに出るギル。

　リシュタルトやレオンと手を繋ぐときは、別になんてことないのに、ギルと手を繋ぐとなぜか少し緊張した。

そのせいで、先ほどの質問の答えを聞きそびれてしまう。

通りをしばらく行ったところで、ふいにギルが口を開いた。

「ナタリア様、ご相談があるのですが」

「なに？」

「北大陸に留学される際は、私もご一緒していいですか？」

ギルの思わぬ提案に、ナタリアはきょとんと首を傾げる。

「え？　どうして？」

「あなたと一緒にいたいからですよ」

整った顔でまるで口説き文句のようなことを言われ、目が点になる。

いつぞやのレオンの声が、耳によみがえった。

「もしかして、ギルってロリコンなの？」

すると、一瞬だけギルの笑顔がピキッと引きつる。

「……そのような言葉を、どこで学ばれたのですか？」

「えと、お兄さまからよ」

「………………」

なぜか、無視された。

（ギル、なんか怒ってる？　ロリコン扱いされてプライドに障ったのかしら？）

そうこうしているうちに、船着き場に面した建物に行き着く。

ナイフとフォークが描かれた看板の掲げられた、大きな平屋だった。

三角屋根のてっぺんでは、風見鶏がくるくると回っている。

「この大陸に限らない、さまざまな国から来た人たちが出入りしている食堂です。国同士の情報交換の要所となっているようですよ。北大陸から来た人もいるはずですから、探してみましょう」

ギルはナタリアを連れて、食堂に入っていった。

窓から海風のそよぐ店内には、カウンター席のほかに、六人掛けの長テーブルが六卓ほど並んでいた。

ちょうどお昼時のためか、ほぼ満席で、溢れんばかりの活気に満ちている。中には昼間から酔っぱらっている人もいて、絶えず陽気な笑い声が響いていた。

ナタリアは、ギルとともにカウンター席にちょこんと座る。

「おやまあ、随分かわいらしいお客さんだねえ。お嬢ちゃん、何歳だい？」

すぐに、店員らしき灰色耳の獣人の女が声をかけてきた。

吊り上がった目が気の強そうな印象を受けたが、口調は柔らかい。

「賢そうな子だねえ。こっちもうっとりするほどのいい男じゃないか。兄妹かい？」

「はい、そうです」

ギルがにこっと微笑んだ。

女性は不意を突かれたように顔を赤らめると、「アハハ！」と高らかに笑った。

「いやだよ、お客さん。男前すぎて、番の旦那がいるってのに一瞬クラッとしたじゃないか！」

「おい、カミーユ、今なんつった⁉」

ガタイのいい獣人が、カウンターからギルに向けて身を乗り出してくる。茶色い獣耳の、筋肉隆々の男だった。コック服を着ているので料理人のようだ。

「お前か！　うちの嫁をたぶらかしたのは⁉」

「いやだよオーガスト、冗談だよ。あたいにはあんただけに決まってるじゃないか」

カミーユがオーガストに抱き着いて、頬にチュッとキスをする。オーガストは見る間に真っ赤になると「なら、いいんだけどよぉ」とギルから身を離し、デレ顔でカミーユといちゃいちゃし始めた。

（いったいなにを見せられてるんだろう）

幼女であることを忘れ、白けた目でふたりを眺めるナタリア。

「ベル、なにか食べたいものはある？」

ギルがメニュー表を開いて見せてくる。

「えーと。木イチゴのジュースとチョコクッキーにする」

「それだけでいいの？」

「うん。ギ……お兄ちゃんは？」

「そうだな、コーヒーにしよう」

（なんか、ギルのタメ口って新鮮）

悪くないなと思いながら、ギルがオーダーしている横で、周囲に視線を巡らせた。

獣人も人間もたくさんいるが、見た目だけでは、誰が北大陸出身なのか分からない。

ひとりひとり聞いて回るのも大変だし、さてどうしたものか。

カウンターの向こうでは、オーガストとカミーユがまだ頬をつつき合っていた。

「ちょっとあんた、子供が見てるよ」

「いいじゃないか、夫婦なんだから」

仕事中だというのに、大変なラブラブっぷりである。

獣人は、本能で番を認知する。

獣人同士だと互いを番と認めるので、一生涯、新婚夫婦のように仲睦まじく添い遂げるのだ。

カミーユとオーガストはふたりとも獣人なので、問題なく愛し合っているのだろう。

「番の夫婦って、本当に仲良しね」

しみじみとつぶやくと、ギルも頷いた。

「そうだね。ベルも、番に選ばれたいって思う?」

ナタリアはきょとんとしてギルを見た。

悪役令嬢が番に選ばれるなんて、聞いたことがない。

番なんていう無条件に溺愛されるシステムは、ヒロインのためにあるのに。

「それはあり得ないわ」

「どうして?」

「だって――」

私は悪役令嬢だもの、という言葉を呑み込んだとき、耳のすぐ傍でクンクンと鼻を鳴らす音がした。

ん?と思って振り返れば、騎士のような恰好の獣人がナタリアの匂いを嗅いでいる。

肩まで無造作に伸ばされた焦げ茶色の髪に、同じ色の獣耳。顎髭を生やし、男らしい顔立ちをしていた。

「きゃ……っ！」

知らない男の顔のドアップにびっくりしていると、ギルにぐっと身体を引き寄せられる。

「俺の妹に、なにか用ですか？」

「いやあ、すまんすまん。ちょっと気になる匂いがしたもんで、つい」

男が、ガハハと豪快に笑った。

フサフサの尻尾の振り幅も、笑い方と同じく豪快だ。

「それにしても不思議だ、ドラドの匂いがするなんて」

（ドラドの匂いって、ユキのこと？）

私って獣臭がするのかしら？と不安になり、肩口をクンクンと嗅いでみる。

だが、自分で嗅いだところでなにも分からない。

彼は獣人だから、鼻が利くのだろう。

「──あなた、何者ですか？」

ギルが凄んだ声を出す。

すると、男の代わりに、うしろにいた酔っ払いが呂律の回っていない声で答えた。

「兄ちゃん、イサクを知らねえのかぁ？　こいつは有名な獣操師だ。もっとも、名を馳せたのは少し昔の話だがね。引退してからは北大陸にとんずらしてたもんだから、最近の若者は知らねえかもしれねえけどよぉ」

「俺はまだ引退してねえ、今だってバリバリの現役だ」

（北大陸に住んでいたことのある有名な獣操師ですって？）

まさに、求めていた人材。ナタリアは、俄然イサクに興味が湧いてきた。

「お嬢ちゃん、どうしてあんたからドラドの匂いがするんだい？」

イサクが、ナタリアの隣にドカッと腰かける。

「私、ドラドを飼ってるんです」

ナタリアが正直に答えると、イサクはぽかんと口を開けた。

それから、たまらないといったふうに、ブハッと盛大に噴き出す。

「おいおい、冗談だろ！　凄腕の獣操師と呼ばれた俺ですら、あの巨獣を手懐かせるのは苦労したってのに、飼っているだと？」

目尻に涙まで浮かべ、ヒーヒー笑っているイサク。

だがナタリアが落ち着いた顔をしているのに気づき、笑うのをやめた。

「――まさか、本当なのか？」

ナタリアはコクコクと頷いた。

「それはすごいな。信じがたいが、お嬢ちゃんからは間違いなくドラドの匂いがする。よほどひっついて過ごさないと、これほどまで匂いはしないだろう。俺はお嬢ちゃんを信じるぜ」

ニッと少年っぽく微笑んだ彼は、雰囲気は軽いが、悪い人ではなさそうだ。

「私、獣操師になりたいんです」

ナタリアは、イサクに面と向かって告げた。

「へえ〜」と、ナタリアを観察するように眺め回すイサク。

どうやら、関心を示してくれたようだ。

「イサクさん、私にいろいろ教えてくれませんか？」

「いろいろって、なにを知りたいんだ？」

「獣操師の仕事についてとか、北大陸のこととか」

「北大陸のことを知りたい？　なんでだ？」

「北大陸には獣がたくさんいるから、獣操師のお仕事がたくさんあるんでしょ？」

するとイサクは、またガハハと豪快に笑った。

「その歳で、将来の仕事のことまで考えてるのか！　こりゃ随分しっかりしたお嬢ちゃんだな。よし、気に入った。凄腕の獣操師の俺が、お嬢ちゃんの願いを叶えてやろう」

それからイサクは、饒舌に自分の経験談を語ってくれた。

獰猛化した狼が集団で街を襲ったとき、獣騎士団の指揮を執って街を守った話。

雪山でドラドと対峙したとき、腕を食いちぎられそうになった話。

北大陸のとある国の王に獣操師としての功績を称えられ、姫の結婚相手にと勧められたが、醜女だったので断った話――。

そのほか、北大陸の地形の特徴や、本には載っていないドラドの習性など、ナタリアがまさに知りたい情報を次から次へと教えてくれたのである。

「――それでその狼の獰猛化を沈めたとき、俺のあまりのカッコよさに女どもが腰を抜かして立てなくなったらしく……」

「うんうん、それで?」

武勇伝的なモテ話をちょいちょい挟んでくるのが邪魔だが、それ以外はどれも興味深く、ナタリアは時間が経つのも忘れて彼の話に聞き入った。

「――だけどその狼は、よく見たらその国の王子の獣化した姿だったんだ。俺以外気づいちゃいなかったがな。それから……」

「それからどうなったの？」

ナタリアが瞳をキラキラ輝かせて話に夢中になっているので、イサクの方もまんざらでもないようだ。

「ベル、そろそろ行こう」

ギルが声をかけてきたところで、ナタリアはようやく現実に引き戻された。

「そうだったわ。もう帰らないと」

「なんだ、行っちまうのか？」

イサクが、残念そうな顔をする。

「今日のところは帰るけど、また来ます。イサクおじさんも、絶対にまた来て続きを教えてね！」

「心配しなくても、俺は毎日ここで飯食ってるからいつでも来な。じゃあな、ベル」


それからというもの、ナタリアは定期的にギルに頼んでイサクに会いに港町に行くようになった。

食堂には、次第に顔なじみが増えていく。

とりわけイサクは、獣操師になりたいというナタリアを、まるで娘のようにかわいがった。

「イサクおじさん！」

「お、ベル。来たか」

その日も、ナタリアがカウンター席に座るなり、イサクがうれしそうに隣に移動してきた。

「五日ぶりだな。もう来ないのかと心配になったじゃねえか」

「うん、ちょっと忙しくて」

「なんだ？ お前、農場の子か？ ちょうど今は収穫の時期だからな」

「うーん、それとはちょっと違うんだけど」

えへへ、と笑って誤魔化すナタリア。

カウンター越しに、カミーユが声をかけてくる。

「やあ、ベルにギル。注文はなんにする？」

「ベルにはクランベリーのジュース、俺にはコーヒーを」

「あいよ」

大声で叫んで、夫のオーガストにオーダーを通すカミーユ。

それからカミーユは、ギルの顔をまじまじと見つめてきた。

「ところであんた、いつも思うんだけど、若いのに随分落ち着いてるねえ。ここにいる誰よりもおとなしくていい男だよ。恋人はいるのかい？」

「そんなものはいません」

「そうかい？　でも想い人くらいはいるんだろう？」

「秘密です」

「なんだよ、つまらない男だね。あんたみたいなやつに限って、そのうち獣人の女に番認定されるんだ、覚悟しときな」

「それはないと思いますけど」

ギルがにこっと優美な笑みであしらうと、カミーユはほんのり顔を赤くした。

すかさず、オーガストの怒声が飛んでくる。

「おいお前！　またうちの嫁をたぶらかしてんじゃねえ！」

とたんに、あちこちから笑い声が湧く。

そんなふうに、食堂で過ごす賑やかな時間がナタリアは好きだった。

甘酸っぱいクランベリージュースを飲みながら、ナタリアが今日もイサクの話に聞き入っていたときのこと。

襟元に狼文様の徽章をつけた黒のロングコート姿の男たちが、ぞろぞろと店に入ってくる。

ナタリアは、一瞬心臓が止まりそうになった。

彼らが、リシュタルト直属の近衛兵たちだったからである。

(どうしてこんなところにお父様の近衛兵が……。まさか、私がお城を抜け出していることがバレてしまったの?)

サーッと青ざめ、顔を伏せるナタリア。

見つかったら、ここには二度と来られない。

近衛兵たちは椅子に座ることなく歩き回り、なにやら客に聞き込んでいる。

そもそも、食事をしに来たわけではないようだ。

幸いカウンター席にいるナタリアは彼らに背を向けているため、気づかれていない。

「おや? あいつら、城の役人じゃねえか」

イサクが、ぐいっと葡萄酒をあおりながら言った。

近衛兵たちはひとしきり聞き込みをしたあと、最後にカミーユを呼びつけてなにかを問いかけてから店を出て行った。

ナタリアは、すかさずカミーユに尋ねる。

「カミーユさん、あの人たちになにを聞かれたの?」

「人を探しているようだよ」

ドキッとしたナタリアは、手にしたゴブレットを落としそうになった。

「銀髪の獣人の男を見かけなかったか、だってさ。もちろん見かけてないって答えたけどね。銀髪なんて珍しい髪色、皇帝陛下以外に知らないよ」

（なんだ、私を探しているわけじゃないのね）

ナタリアは、ひとまずホッと息をつく。

「そういうことか。皇帝はまだあきらめていないんだな」

イサクが、腕を組んで渋い顔をした。

どうやら彼は、この件に関してなにか知っているようだ。

「あきらめてないって、どういうこと？」

「昔、城で働いてたときに耳に挟んだんだがよ。皇帝は長年弟を探しているんだ。たしか、名前はクライド様っていったかな」

「皇帝陛下って、弟がいたの？」

ナタリアは目を丸くした。そんな話、聞いた覚えがない。

「ああ。若者には、あんまり知られていない話だがな」

それからイサクは、ナタリアの知らなかったリシュタルトの過去を大まかに語りだした。

かつて、オルバンス帝国がまだオルバンス王国だった頃。

リシュタルトの父である先代の王は、王妃との間になかなか跡継ぎができなかった。

そうこうしているうちに若い侍女に手を出し、子供を身ごもらせてしまう。

それが、リシュタルトだった。

リシュタルトは、王太子として期待されながら育った。

そして、期待通り文武両道の見目麗しい王太子に成長する。

だが、リシュタルトが十二歳のとき、突如王妃が身ごもり異母弟が誕生した。

そしてその五年後、国王が崩御する。

国王亡きあと、王位に就くのは王太子であるリシュタルトのはずだった。

だが、王妃の産んだ弟王子こそが正式な王位継承者だと主張する勢力が現れる。まだ五歳だった弟王子を名前だけの王にして、意のまま国を操ろうという魂胆なのは見え見えだった。

結果、リシュタルト側と弟王子側による内戦が勃発し、リシュタルト側が勝利する。

弟王子側の幹部は次々と処刑され、弟王子は行方をくらました。

リシュタルトは、それ以来弟王子の行方を追い続けているのだという。

ナタリアは、こっそりギルに耳打ちする。

「ギル、この話知ってた?」

「ふたりの王子を将軍とした、王位を狙った内戦があったことは知ってますが、皇帝がいまだ異母弟の行方を追っているとは知りませんでした。異母弟からの復讐を恐れて、見つけ次第殺すつもりなのでしょうね」

淡々と語られたギルの言葉に、ナタリアはぶるりと身震いした。

(敵だったとはいえ、血の繋がりのある弟をいまだ執念深く殺そうとしてるなんて……。やっぱりお父様は恐ろしい方なのね)

優しくされ、ナタリアの中で彼のイメージが変わりつつあったが、やはり彼はそのふたつ名通りの冷徹皇帝なのだ。

娘に見せる優しさの裏に、氷のような心を隠し持っている。

ナタリアは、思わぬところで、リシュタルトに捨てられる未来をより確信することになったのだった。


およそ一週間後の朝。

港町に行くための準備を終え、ナタリアが部屋を出ようとしたとき、ノックの音とともにリシュタルトが現れた。

毎日のように政務で忙しくしているリシュタルトが、こんな時間に来るのは珍しい。

「お父さま……？　お、おはようございます」

「どうした？　ドアの前に突っ立って。どこかに行く予定だったのか？」

「えーと、ユキを連れてロイの部屋に行こうと思ってたんですけど、お父さまが来られたのであとにします」

慌ててなんでもないふうを装ったものの、背筋を冷や汗が伝う。

いつものように馬車の中で早着替えをするため、ナタリアは今、ドレスの下に町娘の服を着ていた。よく見れば、普段より着ぶくれしているのが分かるだろう。

だが、深刻な顔でなにかを思案しているリシュタルトは、幸いにも気づいていないようだ。

「そうか。その――」

「？　どうかされましたか？」

「――今日、一緒にどこかに出かけないか？」

歯切れ悪く切り出すリシュタルト。

ナタリアは、こてんと首を傾げた。

「でも、お父さまはお忙しいのでしょう?」

「今日は少し時間ができたんだ。このところ、お前と過ごす時間が減っていたから、どうかと思ってな」

気まずそうに目を伏せながら、リシュタルトが言う。

銀色の尻尾がせわしなく振り子のように揺れるのは、彼が緊張しているときに出る癖である。

(言われてみれば、たしかに最近はお父様との関わりが減っていたわね)

就寝前のリシュタルトの来訪は相変わらず続いているが、こっそり港町に行った日は疲れてしまい、ナタリアは先に寝ていた。月に一度の獣保護施設へのお出かけも、今月はリシュタルトが多忙で中止になったばかりである。

彼の愛情を確実なものとするために、甘える機会はなるべく減らさない方がいい。

それは分かっているのだけど――。

(この間のイサクおじさんの話の続き、すごく気になる!)

先日中途半端なところで話が終わってしまい、先が気になってずっとうずうずしていた。ようやくギルから港町に行く馬車の手配が整ったと聞き、喜んでいた矢先だったのである。もう我慢ができない。

リシュタルトの方は、これまでずっと甘えつづけていたのだから、少しくらいおざなりにしても問題ないだろう——と思うことにした。

ナタリアはにっこりと笑みを作る。

「お父さま。お誘いはうれしいのですが、今日はどうしても読みたい本があるのです」

「……。今日でなければダメなのか？」

「今日でなければダメなのです」

「……そうか、ではまた改めよう」

あからさまに肩を落とすと、リシュタルトは部屋を出ていった。

それからことあるごとにリシュタルトはナタリアの部屋に来て、出かけないかと声をかけてきた。さすがに毎回断るのはよくないので、ナタリアは港町に行きたいのをぐっとこらえ、リシュタルトと過ごす日もあった。

出かけるといっても、ユキとロイを連れ、王宮敷地を散歩する程度である。

誘ってくるくせに、リシュタルトはいつだって無口だった。ナタリアが気を利かせてあれこれ喋るのだが、本当に疲れる。

ナタリアはいつしか、彼と過ごす時間を重苦しく感じるようになっていた。

（イサクおじさんだったら、私が興味あることをいくらでも話してくれるのに）

それにカミーユやオーガストのいるあの食堂は、いつもワイワイとしていて居心地がいい。ずっと孤独に育ったナタリアにとって、誰かと笑い合える空間は新鮮だった。リシュタルトといるときも、いつの間にか食堂のことを思い出して心ここにあらずになってしまう。

（ああ、早く港町に行って、イサクおじさんの話が聞きたい……）

「ナタリア」

ボールを咥えて戻ってきたユキをぼうっとしながら撫でていると、リシュタルトに呼ばれた。

「ユキを撫ですぎだ。摩擦で毛が抜けそうだぞ」

「あ……」

撫ですぎたせいで真っ白なふわふわの毛がペタンとしてしまったユキ。当のユキは、禿げることなど気にせず、ハッハッと舌を出して喜んでいる。

「ごめんね、ユキ。ぼーっとしちゃった」

ナタリアは、慌ててユキの毛をふんわりモフモフに整える。ユキはうれしそうに尻尾を振って、ナタリアの頰をぺろりと舐めてくれた。

「最近、お前は様子がおかしいな」

「そ、そうですか？」

こっそり港町に行っていることがバレてしまったのかもとドキリとするナタリア。

「昼も夜も、ぼうっとしていることが多い。どこか身体がおかしいなら王宮医に見てもらえ」

どうやらバレたわけではなさそうだ。

ナタリアはホッと胸を撫で下すと、「はい、そうします！」と明るく答えた。

そんなナタリアを、物言いたげに見ているリシュタルト。

「お前……」

「？　なんでしょう？」

「――いや、なんでもない」

彼がなにを喋ろうとしたのか気になりつつも、それ以上は聞ける雰囲気ではなく、そのうちナタリアはそんなことはどうでもよくなっていた。

こっそり港町に通うようになって、二ヶ月が過ぎた。

その頃になると、ナタリアは食堂に集う面々とかなりの仲良しになっていた。

今日もギルとともに食堂に入るなり、「お、ベルだ！」「ベルが来たぞ！」と歓迎される。

「相変わらず美男美女の兄妹だねえ」

いつものようにカウンター席に座ると、カミーユがコーヒーと木イチゴのジュースを置いてくれた。今ではもう、注文しなくとも好みのメニューが出てくるほどの顔なじみである。

やがて、ナタリアの隣にイサクがやって来た。

「よお、ベル。二日ぶりだな」

「イサクおじさん、会いたかった！」

満面の笑みを向けると、イサクは珍しく目元を赤くした。

「なんだよ。天使みたいにかわいい顔でそんなこと言われたら照れるじゃねえか」

周囲から、どっと笑い声が湧く。

「凄腕獣操師のイサクをたぶらかすなんて、ベルはすごい女だな！」

「これは男泣かせの悪い女に育つぞ。将来が楽しみだ」

そのとき。

「――こういうことか」

湧き立つ声の中に、スッと冷えた声が落ちてきて、ナタリアは凍り付く。

ものすごく、聞き覚えのある声だった。

だけど、絶対にこんなところでは聞こえるはずのない声——。

（まさか……）

恐る恐る振り返ると、漆黒のフードマントをかぶった長身の男がうしろに立っていた。

金色の瞳が、フードの中から、射貫くようにナタリアを見ている。

男が、おもむろにフードを振り払った。

神々しい輝きを放つ銀色の髪と三角耳が姿を現す。

「皇帝陛下だ……！」

「え、嘘だろ？　どうしてこんなところにいるんだ⁉」

とたんに、ひっくり返りそうな勢いでざわつく周囲。

「お父さま……」

ナタリアが震え声を出すと、ざわめきはよりいっそう膨れ上がる。

「皇帝陛下が『お父さま』だと？」

「どういうことだ？　ベルはいったい何者なんだよ？」

　そんな中、リシュタルトが底知れない怒気を孕んだ声を響かせる。

「このところお前の様子がおかしいから、あとをつけたんだ。部下に追わせても、お前の協力者にうまく撒かれてしまうようだからな」

　リシュタルトが、ナタリアの隣に腰かけているギルを睨んだ。

「お前はこの国の皇女だ、気安く出歩いていい立場ではない。いつどこで命を狙われてもおかしくないんだぞ、それを分かっているのか？」

　彼のこんな目つきを見るのは久しぶりだった。

　まるで存在そのものを拒絶しているような、刃のごとく鋭く冷たい目つき。

　それはちょうど、生まれて初めて出くわしたとき、ナタリアに向けられたものによく似ていた。

（どうしよう、嫌われてしまったのかも……。また振り出しに戻るの？）

　ナタリアは秘密の外出に夢中になり、浮かれていた自分を反省した。

　だが、すでにあとの祭りである。

「ごめんなさい、お父さま……」

　震え声で謝っても、リシュタルトの顔色が変わることはなかった。

「やみつきになるほどここが楽しいのか？　いつもここでなにをしていた？」

「それは……」

将来獣操師になって北大陸に住むために、イサクから話を聞いていたとは言い出せない。

唇を引き結ぶナタリアを、リシュタルトは抑圧的な表情で見下ろしている。

「言えないか。なら、こいつを殺すしかないな」

リシュタルトが、ギルの胸倉をつかんで椅子から引き上げた。

「幼いお前がひとりで計画して城を抜け出すなど不可能だ。どうせこの家庭教師の入れ知恵だろう」

ギルを睨みつけるリシュタルトの瞳が、朱に染まっていく。

それは、以前見た獰猛化したときの母ドラドの目にそっくりで――。

(お父様、獰猛化の兆しが出ているわ……!)

焦ったナタリアは、必死にリシュタルトの腕にしがみついた。

「ギルは悪くないんです！　私がお願いしたから協力してくれただけなの！」

「協力も立派な犯罪だ。お前も、俺の娘を無断で連れ出すのがどれほど罪なことかくらい分かっているだろう？」

リシュタルトから放たれる殺気に恐れおののき、周囲は死んだように静まり返っている。

だが当のギルは、殺されかけているというのに、動揺ひとつ見せなかった。

バイオレットの瞳で、落ち着いてリシュタルトを見返している。

(そんな、私のせいでギルが殺されるかもしれないなんて……！　でも、お父様ならやりかねないわ)

ナタリアの母を容赦なく処刑し、罪のない弟をも執拗に捜して殺害しようとしている彼なら。

ナタリアは我を忘れ、声を張り上げた。

「獣操師について、話を聞いていたんです！」

リシュタルトが、ギルの胸元をつかんでいた手を離し、ナタリアに視線を向けた。

目に涙を浮かべながら、ナタリアは必死に声を振り絞る。

「私はお父さまやお兄さまと違って、ただの人間です。獣化できないし、いざってときにはなんの役にも立ちません。このままはいやなんです。私だって、力をつけたいんです」

二年前、ユキの母親を目の前で殺されたとき、ナタリアは自分の無力さを思い知った。

獣操師になりたいと思ったのは、最初は手に職をつけるためだったが、今は自分の運命《さだめ》のように思っている。

もしも獣操師になれれば、生活費を稼げるだけではない。

不当な扱いを受けている獣たちだって守ってやれる。

ナタリアを黙って見つめているリシュタルトの目は、いまだ赤みを帯びたままだった。

そんな彼から目を逸らさないよう、ナタリアは懸命に歯を食いしばる。

そのとき。

「ハハハハハ！」

張り詰めた空気を、場違いなほどの豪快な笑い声が揺るがした。

葡萄酒をぐびぐびあおりながら、イサクがさもおもしろそうに笑っている。

「相変わらずだな！　リシュタルト！」

「――イサク。お前、いたのか」

朱に染まりつつあったリシュタルトの瞳が、平常の状態に戻った。

「おいおい、今まで気づかなかったのか？　戦場では百戦錬磨と恐れられた男が、隙だらけじゃないか！　それほど娘にべた惚れってわけか」

「うるさい、黙れ」

（え、どういうこと？）

まるで昔なじみであるかのようなリシュタルトとイサクの会話に、ナタリアはついていけない。きょとんとしている間にも、ナタリアとギルのことはいったん保留にされ、会話が進んでいく。

「お前、北に移り住んだと聞いていたが」

「北で武勇伝を重ねるのも飽きちまってね、南に戻って来たんだよ。そしたらおもしろいお嬢ちゃんに出会ってな。お前の娘だったなんて驚きだよ」

「……その、イサクおじさんはお父さまと知り合いなの？」

我慢できず、ナタリアは口を挟む。

もちろん怒り心頭のリシュタルトは怖いので、イサクに向かってである。

「城で働いていたことがあると言っただろ？」

イサクが、肩をすくめて見せた。

なにかが癪に障ったのか、チッと舌打ちをするリシュタルト。

「こいつはかつて城の獣騎士団長だった男だ。なるほど。ナタリアに獣操師の話を聞かせていたのはお前か」

「ああ。まだこんなちっこいのに、なかなか優秀なお嬢さんだ。ドラドを飼ってるんだって？　お前だって、あの巨獣を手懐けるのがどれほどのことか知ってるだろう？」

「……」

「夢があるってのはいいことだぜ。忘れたか？　リシュタルト」

イサクがリシュタルトに向け、ニッと口角を上げて見せる。

リシュタルトはぐっと押し黙ったあとで、彼から視線を逸らした。

それから渋面を崩すことなく、ナタリアを無理やり椅子から立ち上がらせると、ギルを連れて店をあとにした。

城に戻ってすぐに、ギルは捕縛され、地下牢に連行された。

ナタリアは部屋に閉じ込められ、絶対に出ないようきつく言われる。扉の外には、見張りの衛兵までつけられた。

（お父様のことだから、ギルを本当に殺してしまうかも）

ナタリアはベッドの上で、ひとり声を出さずに泣き続けていた。

（私だって、いつ投獄されるか分からないわ。お父様に好かれるような、いい子じゃなかったもの。ひょっとすると、アリスが現れる前にこのままジエンドって可能性も……）

港町に行くのが楽しくて、調子に乗ったのがいけなかった。

悪役令嬢として生まれた以上、いつ何時も気を抜いてはいけなかったのに。

（ああ、もう終わりだわ。ギル、巻き込んでしまってごめんなさい……）

絶望的な気持ちになっているナタリアを慰めようとしているのか、ユキがベッドの上に乗って身体をすり寄せてくる。

「クウ～」

悲しげに鳴きながら、ナタリアの頬に落ちた涙をペロペロと舐めるユキ。

「ユキ……」

ナタリアが思わずユキをぎゅっとすると、ユキは自分の役目を分かっているかのように、そのまま動かずにいてくれた。

ナタリアはやがて泣き疲れ、ユキのモフモフの身体に身を沈めるようにして眠ってしまう。

日が沈んだ頃になって、ドアノブを捻る微かな音がした。

目を覚ましたナタリアは、ユキを枕にしたまま、開くドアを見つめる。

現れたのは、リシュタルトだった。

「……ギルは、どうなるのですか？」

「お前はどうしたい？」

「助けてほしいです……」

涙ながらに懇願すると、リシュタルトがゆっくりとこちらに歩んできた。

彼がこれからどういう行動に出るのかまったく予想がつかず、怯えたナタリアは、助けを求めるようにユキの身体にしがみつく。

ナタリアからやや距離を置いて、リシュタルトが足を止めた。

「俺が怖いか？」

ナタリアは、唇を震わせながらリシュタルトを見上げることしかできなかった。

そんなナタリアを見て、リシュタルトが寂しげに笑う。

「怖くて当然だろう。お前の母親をこの手で処刑したのだからな」

この先のギルの処遇、もしくは自分の処罰について言い渡されると思っていたナタリアは、急に話が飛んで拍子抜けしてしまう。

「それから、赤ん坊だったお前を一生離宮に閉じ込めようとした」

まるで母を処刑し、ナタリアを幽閉したことを悔いているような言い方だった。

自分の方が追い込まれている立場でありながら、ナタリアはなんだかリシュタルトが気の毒になってくる。

母がどれほどの悪女だったかは知っている。

彼女はもともと、美しさを武器に、男から男へと渡り歩いて贅を尽くしているような女だった。リシュタルトが帝都を視察した際、通りすがりに番として見初められ、そのときの恋人をあっさり捨てて皇妃の座についたらしい。

皇妃というこのうえない地位を手に入れた彼女は、これまでよりいっそう贅沢になった。次から次へと宝石やドレスを新調しては、パーティーを開いて豪遊する日々を送るようになる。

とりわけリシュタルトを苦しめたのが、獣を乱獲し、その毛皮でコートやマフラーを作らせたことだった。彼女は毛皮製品をこよなく愛していたと聞く。

あげく男漁りがやめられず、自由を制御してくるリシュタルトに腹を立て、城から逃げ出した。リシュタルトが彼女を見つけ出したのは、知らない男との間にできたナタリアを産んだ直後だったという。

怒りのあまり獰猛化したリシュタルトは、問答無用で彼女を処刑した。

結果、番を失った獣人の定めとして、一生涯異性を愛せない身体になってしまう。

そして、行くあてのなくなったナタリアを仕方なく連れ帰り、離宮に隔離したというわけだ。

「そのことで、お父さまを怖いと思ったことはありません」

ナタリアは、素直な気持ちを口にした。

「お父さまだって、悩んだ末にそうなさったのでしょう？　私でもきっとそうしてました。私の存在はお母さまを思い出させるのだから、会いたくないのは当然です」

平然と語るナタリアを前に、リシュタルトがみるみる目を見開く。

「人は誰だって、つらいことから逃げ出したいし目を背けたいもの」

ナタリアだってそうだ。

アリスから逃げ出したくて、必死にここまでやってきた。

防衛本能は、生き物であれば当然の感情だ。

彼が偉大なる獣人皇帝だからといって、例外であるわけがない。

リシュタルトは、しばらく時が止まったようにナタリアを見つめていたが、やがてフッと溶けるように口元を綻ばせた。

「お前はときどき、大人のようなことを言うな」

リシュタルトが、ナタリアのいるベッドに腰かける。

「獣人が獰猛化するのは、獣が獰猛化するよりもやっかいだ。理性を失い、自我が保てなくなる。お前の母親を処刑したときの俺がそうだった。俺はもう、二度とそうなりたくない」

番に裏切られた獣人は、地獄の苦しみを味わうという。

そして相手を憎んで正気でいられなくなり、多くが獰猛化する。リシュタルトのように、相手だけを亡き者にするならまだぬるい。過去には番に裏切られ、狂乱した獣人が、大量虐殺を働いた例もあった。

「お前には、俺の獰猛化を止められるようになってほしい」

ナタリアは、息を呑んで彼を見た。

「それって――」

「獣操師になるための勉強をひそかにしてたんだろう?」

「……知っていたのですか?」

「部屋に隠している書物を見れば一目瞭然だ。まさか城を抜け出してまで、獣操師に話を聞きに行ってるとは思わなかったがな。お前の行動力にはときに驚かされる」

(獣操学関連の本は本棚のうしろに隠してるのに、そんなところまでチェックしてたの?)

娘のスマホをのぞき見するタイプの父親だわ、と若干引いてしまう。

だが今は、話が好転している最中で、そんなことを気にしている場合ではなかった。

「それはつまり、獣操学の勉強を続けてもいいということですか？」

「お前が望むなら」

間近で微笑まれ、心の緊張がほどけたナタリアは、ほろりと涙をこぼしてしまう。

するとリシュタルトは、ぎこちなくナタリアの頭に手を置いてくれた。

「……ギルはどうなるのですか？」

「お前が殺すなと言うなら殺さない」

「殺さないでほしいです」

「分かった。殺したくて仕方ないが、今回は我慢しよう」

リシュタルトが、物騒な発言とは相反する優しい手つきでナタリアを抱きしめた。

「その代わり、たまには俺との時間も作ってほしい。俺といても退屈なのは分かるが」

拗ねたように言われ、ナタリアは彼とのお出かけを断ったり、一緒にいても心ここにあらずだったりしたことを思い出す。

「分かりました」

「俺も、なるべくお前が楽しめるよう努力するから」

言いにくそうにつぶやくリシュタルト。

「……はい」

彼の不器用さに、喉元から愛しさが込み上げる。

だがナタリアは、込み上げてきた温かな感情を、すぐに胸の奥に沈めた。

あやうく、また感情に流されるところだった。

(この優しさが期間限定だってことは知ってるんだから。城を出て行く日まで、この調子で、この人を親バカにすることだけを考えて生きていかなくちゃ)

ナタリアの決意は、鋼のように固かったのである。

# 第四章　獣人皇帝、娘の反抗期に戸惑う

めくるめく月日が流れ、ナタリアはついに十三歳になろうとしていた。

腰まで流れる茶色の髪に、陶器のように滑らかな乳白色の肌、煌めくヘーゼルの瞳。

彼女は、誰もが認める美少女に成長した。

出歩けばたちまち人々の視線を虜にするし、婚約者として名乗りを上げる貴族や他国の王子もあとをたたない。だが、もちろんナタリアはどの話も受けるつもりがなかった。

なぜなら、獣操師の資格を取り、北大陸に留学する日がもうすぐそこまで迫っているからだ。婚約なんてしている場合ではない。

そして、いよいよやってきた十三歳の誕生日。

ナタリアのために、城では盛大なパーティーが開かれ、さまざまな人々から祝福を受ける。

終わってへとへとになった宵の口、リシュタルトに呼び出された。

指定された一階ホールに行くと、リシュタルトはすでにナタリアを待ち構えていて、

ついてくるよう指示される。

そしてたどり着いたのは、一階の最奥にある扉の前だった。

「ナタリア、俺からの誕生日プレゼントだ」

リシュタルトが扉を開け放つなり、ナタリアは思わず「わぁ……！」と歓声を上げた。

扉の向こうは、一面に緑がはびこっていた。

鉢植えから伸びた木々が青々とした葉を広げ、花壇一面には色とりどりの花々が咲き誇っている。岩場からは、涼やかな水音を響かせて滝が流れていた。部屋の半分は全面ガラス張りの温室になっていて、天を仰ぐと夕暮れの空が見渡せる。

「ウォンッ、ウォンッ！」

「ワンワンワン！」

奥から、ユキとロイが並んで走ってきた。

二匹は我先にとナタリアにじゃれつき、頬を舐める。

「ユキのために作った遊び部屋だ。大きくなってきたし、今まで通りお前の部屋だけで暮らすのは窮屈だろう。ついでに、ロイもときどきここで遊ばせることにした。お前もくつろげるようにしてあるから、いつでも来るといい」

リシュタルトの言葉通り、部屋全体が見渡せる位置に、籐製のリクライニングベッドやダイニングセットまで置かれている。

先月辺りから、一階部分をなにやら工事していたのは、このためだったらしい。

「どうした？　気に入らなかったか？」

感動のあまりなにも答えられずにいると、案ずるように顔を覗き込まれた。

ナタリアは、慌ててブルブルとかぶりを振る。

「気に入らないわけがございません。こんな素敵なお部屋を作っていただけて、うれしすぎてなんと言っていいか分からなくなったのです」

「喜んでいるならそれでいい」

彼のフサフサの銀色の尻尾が、いつもより楽しげに弾んでいる。

「お父様、本当にありがとうございます」

「ああ」

リシュタルトが、金色の瞳を細めて満足げに微笑んだ。

初めてリシュタルトに会ってから十年以上経つが、彼の外見はまったく変わっていない。いまだに二十代前半のような若々しい風貌で、二十歳になったレオンと並ぶと兄弟にしか見えなかった。

獣人は老けないというから、うらやましい限りである。

ナタリアはいよいよ、リシュタルトの自分への愛情が、最大になったのを感じた。

頼むなら、今しかない。

ようやく、獣操師の認定試験が受けられる年になったのだ。

アリスが現れるまであと二年、今こそ次の段階に進まなければ。

「お父様。ひとつ、お願いがあります」

ナタリアは、あらたまった声を出す。

七年前、勉強が公認になってからというもの、リシュタルトは進んで獣操学関連の本を買ってくれるようになった。

イサクに話を聞くため、港町に行くときも、目立たないよう見張りをつけてくれている。

ときにはイサクに対抗するかのように、獣に関するあれこれを教えてくれたりもした。

リシュタルトは獣操師ではないが、獣化ができる。

そのため、獣しか知り得ない情報をたくさん知っているのだ。

「どうした？　急に真面目な顔をして」

「私、十三歳になりました。だから、獣操師の認定試験を受けさせてください」

ナタリアが獣操師の認定試験を受けたがっていることは、リシュタルトもすでに勘づいている。だからナタリアは、スムーズに事が運ぶと思っていた。

ところが、リシュタルトは突然いかめしい顔つきになる。

「ダメだ」

「へ？」

「聞こえなかったか？　ダメと言ったんだ」

先ほどまでの和やかさが嘘のような、殺伐とした声色だった。

まさかこれほどはっきりと断られるとは思っていなくて、ナタリアは開いた口が塞がらない。

今までナタリアは、本当にいい子だった。

きちんと言うことを聞いてきたし、わがままもほとんど言ったことがない。

誰にでも愛想よく接したし、獣にも、貴族にも、民衆にも好かれている。

そんなナタリアをリシュタルトはこよなくかわいがっていたし、冷血漢と呼ばれる彼がナタリアにだけは甘いのは、今となっては誰もが知っていることだった。

そのはずなのに、こんな肝心なときに、いったいどういう風の吹き回しだろう？

「でも、あれほど勉強をサポートしてくださったではありませんか。お父様だって以前、ご自分が獰猛化したときは私に助けてほしいって――」

「獣操学を勉強するのと、実際に獣操師になるのとでは意味合いが違う」

「そんな……！」

理不尽に言いくるめられ、ナタリアは泣きそうになる。

ナタリアならきっと一発で認定試験に合格できると、イサクもギルも応援してくれているのに。お父様は違ったの？

「試験に受かったら北大陸に行くつもりだろう？」

低い声で聞かれ、ナタリアはビクッと身体をすくませた。

（どうしてそのことを……）

「図星か。イサクがお前が北大陸の話ばかり聞きたがると言っていたから、もしやと思ったんだ」

（ええっ、イサクおじさん⁉　言うなってあれほどお願いしたのに！）

北大陸への留学は、とりあえず獣操師の認定試験に合格してから打診するつもりだった。とはいえ、知られるのは時間の問題。ナタリアは腹をくくることにする。

「そうなんです。北大陸は、南大陸よりも獣が多いと聞きました。認定試験に受かったら、私は北大陸に留学して、獣操師の腕を磨きたいのです。イサクおじさんも、夢があるのはいいことだって言ってましたし」

いつだったか、イサクが言っていた言葉を借りてみる。

だが、リシュタルトは頑なだった。

「留学は認めん、もちろん獣操師になることもだ。お前はこの国の皇女なんだぞ？皇女がするようなことではないだろう」

「……でも！　ほかの国の王女や皇女は当たり前のように留学してます！　私だって――」

「よその国のことは知らん。そもそもこれは、語学や薬学を学びに行くのとはわけが違う。凶暴な獣と触れ合うことがどれほど危険か、お前は分かっていないようだ」

よそはよそ、うちはうち、というような調子でぴしゃりと言われ、ナタリアはうっと言葉に詰まる。藁《わら》にもすがる思いで、とっさに閃いた案を口にした。

「では、語学や薬学の勉強でなら、北大陸に行ってもいいのですか？」

リシュタルトの表情が、よりいっそう険しくなった。

「ダメだ。この城を離れるのは、なにがあろうと許さない」

（結局ダメなんじゃない。それにしても、なにこの流れ。こんなの予定と違う）

十三歳になってすぐに獣操師の資格を取って、北大陸に高飛びする予定だったのに。試験のための勉強はばっちりだし、北大陸の地理や風土もすっかり頭に入っている。どの国のどの町に移住するかまで完璧に予定が立っているのに。

(今までの苦労はなんだったの？)

やるせない気持ちで、リシュタルトに気に入られるためにあれこれ画策した日々を思い起こす。前世の記憶を取り戻してからというもの、十年以上コツコツと頑張ってきたのにあんまりである。

こうなったらやけくそだ。

ナタリアは意地になっていた。

「皇女だから自由にできないというなら、私は皇女を辞めます」

リシュタルトの顔が、ピクッと引きつった。

「なにを言っている？　そんなことができるわけがないだろう」

「でしたら、平民の方と結婚させてください」

「は？　結婚だと？」

「そうです。平民のお家に入れば、私はもう皇女ではなくなるでしょう？」

もちろん、本気ではない。

彼がイライラしてくれたら少しは勝った気になれる――そんな大人げない気持ちからだった。

前世の記憶のせいで精神年齢が高めとはいえ、ナタリアは反抗期真っ盛りの十三歳。親への反抗精神も、ちゃんと心の中に存在していた。普段は将来のために押し殺しているが、リシュタルトがあまりにも思い通りに動いてくれないものだから、リミッターが振り切れてしまったのである。

金の瞳が、視線だけで人を射殺せそうなほど鋭く尖った。

「本気で言っているのか？　俺がそんなことを許すわけがないだろう」

リシュタルトは言い捨てると、苛立ったように部屋を出ていった。

バタン、と荒々しく締まる扉。

(なんなのあれ⁉　もう絶対に口きいてやらないんだから！)

「クウー、クウー」

「クウン」

拳をブルブルと震えるほど握りしめて立ち尽くすナタリアを、ユキとロイが心配そうに見ていた。

その日の夜、リシュタルトはいつも通り部屋に来たが、ナタリアは毛布を頭からすっぽりかぶって寝たフリをした。

翌朝、リシュタルトと廊下ですれ違っても、ぷいっとそっぽを向いて完全無視を決め込む。

午後からの勉強終わり、ナタリアはリシュタルトに腹を立てていることをギルに話した。

「なるほど、ナタリア様に避けられているから、陛下のご機嫌がお悪いのですね。朝から使用人たちがビクビクしてて、気の毒に思っていたのですが」

「皆には申し訳ないけど、もうお父様と口を聞く気はないわ」

「まあ、陛下のお気持ちも分かりますけどね。陛下はナタリア様のことをなによりも大事に思っておられるから、手放したくないのでしょう」

だとしたら、本末転倒である。

自由になるために気に入られる努力をしたのに、気に入られすぎて自由を阻害されるなんて。

（ほんと、やっかいなことになってしまったわ）

「これからどうしよう……」

ナタリアは、机に頬杖をついて深いため息を吐く。

アリスが城に現れるまで、あと二年。

その間にどうにか解決策を見つけなくてはならない。

もしも見つからなかった場合は、リシュタルトの援助を当てにせず、ひとりで出ていかなければならないだろう。だがあくまでも、それは最終的な手段にしたい。

(まあいいわ、考えようによっては、まだ二年も猶予があるんだもの。その間に、なにかいい方法を考えましょう)

ナタリアはとりあえず気持ちを落ち着けることにした。

——だが、ナタリアの知らないところで、運命はすでに動き始めていたのである。


それからというもの、仲睦まじかった親子の関係は様変わりした。

就寝前のリシュタルトの来訪は相変わらず続いていたが、ナタリアはいつもツンとしていた。

彼に気に入られるためには、今までのように愛嬌を振りまいた方がいいのは分かっている。だがそうした結果、計画通りにいかなかったわけで、どう接していいのか分からなくなったのだ。

先日も、隣国の王女が北大陸に留学したという話を耳にして、ナタリアはよりいっそう腹を立てている。

(留学を許してもらえる国の王女がうらやましいわ)

そんなこんなで、ナタリアは分かりやすいくらいリシュタルトに反抗し続けていた。

リシュタルトはというと、ナタリアといるときはいくらか気まずそうなものの、叱ったり話をぶり返したりということはなかった。

基本、無口で不愛想ないつも通りの彼である。

だがここ最近、王宮敷地を巡回する近衛兵の数がぐんと増えたのは、気のせいではないと思う。

(私が前みたいに逃げ出さないよう、見張っているのね)

それは、ナタリアをどこにもやらないというリシュタルトの意思表示のように思えた。

負けるものかと、ナタリアはよりいっそうリシュタルトに冷たく接するようになっていく。

そんなふうにして半月が過ぎたある日の昼下がり、ナタリアは久々にレオンと庭園を散歩していた。

「今日はあの家庭教師はいないようだね」

緑の垣根が複雑に入り組んだ道を歩きながら、レオンがきょろきょろと辺りを見回す。

「ギルには部屋で待ってもらっています。ギルと一緒だと、いつもお兄様が喧嘩腰なんですもの」

「そんなことないさ！　ただあいつ、君と話すとき顔が近すぎないか？　それがちょっとムカッとするだけだ」

「そうですか？　う～ん、たしかに顔のドアップが多いような気もしますけど」

「だろ、だろ!?」

二十歳になったレオンは、半年ほど前に獣騎士団長に任命された。

先日行われた剣術大会では見事優勝し、光輝くような容姿も相まって、国中の娘たちの心を虜にしている。

だがナタリアの前では、相変わらずただのシスコン兄だった。

「ギルのことはいいではないですか。今はお兄様とだけの時間ですもの」

にこっと笑みを向けると、レオンは「それもそうだな！」と勝ち誇った顔をした。

リシュタルトと違って、相変わらず扱いやすい兄である。

どうでもいいような会話をしているうちに、ふたりは本宮の裏側にたどり着く。

ずらりと並んだ洗濯紐には、真っ白なシーツが所狭しとはためいていた。

燦々と日が照り、穏やかな風の吹く今日は、絶好の洗濯日和だろう。

「お兄様、この先にある噴水まで行ってみませんか？」

「そうだね、その方がふたりでゆっくり話ができそうだ。ここだと使用人が頻繁に行き来して人目につくからね」

レオンとナタリアは、洗濯物の間を縫うようにして歩き出す。

「そういえば、ここのところ父上を避けてるね。喧嘩でもしたの？　僕としてはナタリアといられる時間が増えてうれしいけど」

途中、レオンが思い出したように言った。

「ええ、ちょっといろいろありまして」

説明が面倒なので、ナタリアは笑顔で受け流す。

だが、ふと思いとどまった。

（そうだ！　お父様がダメなら、お兄様に頼んでみればいいのよ！）

リシュタルトとは違って扱いやすい兄なら、頼み方次第で、うまく説得できるかもしれない。

皇太子の彼は、自由が利くお金もそこそこあるだろう。

ナタリアは立ち止まると、レオンの両手をひしとつかんだ。

「お兄様、お願いがあります。お父様はダメだとおっしゃったけど、お兄様なら叶えてくださいますよね？」

レオンをじっと見つめ、救いを乞うように、ヘーゼルの瞳を揺らめかせる。

そんなナタリアを見てレオンはごくりと唾を呑み込むと、きりりと表情を引きしめた。

「なんだって？　父上がお前の頼みを断ったのかい？　僕ならもちろん断らないよ、なんでも言ってごらん」

「まあ、うれしいです。私、獣操師になりたいのです」

「獣操師？　君にそんな夢があったのか。たしかに皇女が憧れるには違和感のある職だが……どうしてもなりたいのか？」

「はい！　今までそのためにコツコツとお勉強をしてきたのですが、お父様が認定試験を受けさせてくれないのです」

「なるほど、かわいそうに。僕が受けられるよう手筈を整えてやろうか？」

「本当ですか⁉」

ナタリアは、ぱあっと花開くように笑った。

持つべきものは、単純思考の兄である。

うれしさのあまり、「お兄様、大好き！」とレオンに抱きつく。

「おやおや、ナタリアは本当にかわいい子だね」

レオンは目に見えて上機嫌になり、顔を赤らめながら頭のうしろを掻いていた。

（ついでに、北大陸に移り住むことも頼んじゃお。この調子なら、協力するって言ってくれそうだし）

ナタリアが、こっそりほくそ笑んだときのことだった。

「きゃ……っ！」

前方から走ってきた使用人の少女がレオンにぶつかり、その場に尻もちをつく。

彼女が持っていたかごが弾け飛び、中に入っていた洗濯物が辺りに散らばった。

「あいたた……」

少女は腰を摩りながら身体を起こすと、自分の前に立っているレオンを見てはち切れんばかりに目を見開いた。

「レ、レオン様⁉　あわわ、私はなんてことを……！」

サーッと顔を青くして、その場に勢いよく土下座する少女。

「私、そそっかしくて！　どうかご無礼をお許しください！」

（どうして……）

散らばった洗濯物の真ん中で、地面に這いつくばっている彼女を見ながら、ナタリアは全身から血の気が引いていくのを感じていた。

頭の中が真っ白になり、なにも考えられなくなる。

ドクンドクンと重苦しい鼓動を刻む自分の心臓の音だけが、耳に強く響いていた。

肩下までのサラサラの黒髪。つぶらな黒い瞳に鼻と口。

美女とは呼べないが愛嬌のある顔立ち、まるで子供のように小柄な体躯。

そして水色のワンピースに白いエプロンのお仕着せ――。

（どうしてアリスがここにいるの!?　現れるまで、あと二年あるのに！）

〝モフ番〟のメインストーリーは、アリス十七歳、ナタリア十五歳のときである。

十七歳で田舎から出てきて城の洗濯係となったアリスは、仕事の最中にレオンに番として見初められ、物語が展開していく――はずだったのに。

まさか二年も前倒しでメインストーリーに入っていくとは思いもよらなかった。

（もしかして、私がストーリーを掻き乱したせい……？）

震えながら、レオンの様子をうかがう。

レオンは静止画のように動かないまま、じっとアリスを見つめていた。金色の耳はアンテナのようにピンと立ち、アイスブルーの瞳は驚愕に見開かれている。

「君は……」

ようやく発せられた彼の声は、聞いたことがないほど上ずっていた。

「――君は、僕の運命の人だ」

ナタリアは、足元から全身が崩れ落ちていくような感覚がした。

レオンが片膝をついて、アリスを助け起こす。

エプロンについた砂埃を払われたとき、アリスは今さらのように慌てだした。

「いけません、レオン様！　私のような者にこのようなことをなさるなんて」

「どうしてだい？　君は僕の運命の人なのに」

「運命の人？　なにをおっしゃられているのです？」

「不思議だ。その声、その唇、その指先。出会ったばかりだというのにすべてが愛しくて、胸が締めつけられるようだ。噂では聞いていたが、本当だったんだな。僕の世界は君一色になってしまった」

「……？」

「君の名前は？」

「……アリス・モルフィと申します」

「アリス、いい名前だ。僕の運命の番」

アリスが、黒い瞳を見開く。

「え？　今なんて……」

「番だと言ったんだ、愛しい人。もっとたくさん君のことを教えておくれ」

アリスだけをひたむきに見つめるレオンは、言葉通り、もはやナタリアなど眼中にないようだ。

（〝モフ番〟とまったく同じセリフ……）

妹にメロメロだったシスコン兄は、一瞬にしてどこかに消えてしまった。

恐ろしいほど分かりやすいレオンの変貌ぶりに、ナタリアはショックを隠し切れないでいた。

その日のうちに、レオンは番を見つけたことを公表した。

「皇太子様に番が見つかったなんて、なんてめでたいの！」

「ああっ！　番に認定されたご令嬢がうらやましいわ！」

「今度は皇帝陛下の二の舞にならないといいな。皇太子様にはぜひともお幸せになってもらいたいものだ」

センセーショナルなニュースはあっという間に国中を駆け巡り、話題の的となる。

皇太子の番に選ばれた少女をひと目見れたらと、城の門前には多くの人々が詰めかけた。

洗濯係だったアリスは、婚約者前提の皇太子専任世話係に昇格した。

使用人棟の大部屋から本宮内の豪華な部屋に移り、ドレスや宝石などが次々と用意され、蝶よ花よと盛り立てられる。

〝モフ番〟のストーリー通り、彼女は当初、城の使用人たちのやっかみの対象となった。

だが持ち前の明るさとチート力で、周りを虜にしていく。

彼女には生まれながらにして、人間や獣人を虜にする能力があるのだ。

万人に効くわけではないが、たいていの人はあっという間に彼女の魅力に引き込まれ、夢中になっていった。

アリスが現れてからというもの、ナタリアはほとんどの時間、部屋に引きこもっていた。〝モフ番〟では、ナタリアはアリスにねちっこい嫌がらせをするのだが、もちろんそんなことはしていない。

ただずっと、アリスの存在に怯えているだけである。

「アビー、見て、このハンカチ。アリス様がくださったのよ。私の名前がこんなにかわいく刺繍されてるの」

「私ももらったわ。使用人全員に配られているそうよ。アリス様って、本当に裁縫がお上手よねえ。器用で気が利くだけでなく、いるだけで花が咲いてるみたいに明るくて、本当に素敵な人だわ」

読書中のナタリアの横で、ドロテとアビーが、テンション高くアリスの話をしている。

「そうそう、午後からアリス様が使用人を呼んでお茶会を開かれるらしいわ。いつも頑張っている使用人たちの慰労目的のお茶会なんですって。私たちも行きましょうよ！」

「まあ、なんてお優しい方なのかしら！」

ドロテとアビーはきゃっきゃとはしゃぎながら、部屋を出ていった。

ひとり取り残されたナタリアは、孤独に押しつぶされそうになる。

アリスが来てからの変化は、想像以上だった。

人々の興味はいっせいにアリスに集中し、ナタリアの存在などすっかり忘れられている。

リシュタルトだってそうだ。

アリスが現れてからというもの、まったく音沙汰がない。

就寝前、ナタリアの部屋に来ることもなくなった。

きっと今頃は、彼女のチート力にほだされているのだろう。

「クウン……」

窓の向こうの曇り空を見上げ、ぼうっとしていると、ユキがすり寄ってきた。

モフモフの感触に、心がホッと和む。

ナタリアは机の上に本を置き、ユキのふわふわの頭を撫でた。

「お前は変わらないのね、ユキ」

ユキだけではない、ロイも変わらずナタリアに懐いてくれている。

どうやらアリスのチート力は獣には効かないらしい。

ユキとロイが変わらないことは、ナタリアの唯一の救いだった。

そこに、ノックの音とともにギルが現れた。

「ナタリア様、そろそろ、史学の勉強の時間です」

（そういえば、この人も変わらないわ）

彼だけは、アリスフィーバーに乗っかっていない。

いつもの時間にきちんと現れ、変わらない態度で、ナタリアの勉強を見てくれている。

「あなたは、アリス様のお茶会に行かなくていいの？」

「お茶会？　なんですかそれは」

「使用人の慰労目的のお茶会ですって。きっと今頃、城中の使用人がアリス様のところに向かっているわ」

「私にはあなたに勉強を教える義務がありますので、興味ございません」

答えると、ギルはナタリアの隣に腰かけた。

そして机の上に頬杖をつき、ナタリアの顔を覗き込むようにして、色っぽい笑みを浮かべる。

癖がかった黒髪に、バイオレットの瞳が輝く切れ長の瞳。

レオンのような派手さはないが、相変わらず美しい男である。

（そういえば、ギルって何者なのかしら）

こんなにきれいなビジュアルをしているのに、〝モフ番〟に出てきた覚えがまったくないのは、あらためて考えてみるとおかしい。

（もしかしたら〝モフ番〟には続編があって、そっちでアリスに惚れる役なのかも）

そうだ、そうに違いない。

アリスが現れてからというものネガティブ思考のナタリアは、続編があったかどうかも分からないのに、勝手に決めつけてしまった。

急に、ギルの微笑みが嘘くさく思えてくる。

思わずぷいっと視線を逸らすと、怪訝そうな声がした。

「どうかされましたか？」

「……優しくしないで。あなただっていずれは私から離れていくんでしょ？」

「なにをおっしゃられているのか分かりませんが、私はずっとあなたのお傍にいますよ」

「嘘だわ」

「嘘じゃありません」

ギルが、ナタリアの手の甲に自分の手を重ねた。

彼の手は見た目は女性のようにきれいなのに、触れられると思ったよりずっと大きく、男らしく骨ばっている。

温もりに誘われるように、ナタリアはギルの方に向き直る。

いじけた顔のナタリアを、バイオレットの瞳が優しく見守っていた。

「あなたが嫌と言われても、ずっとお傍にいます」

ギルのその言葉は、不思議と嘘を言っているようには聞こえなかった。

ナタリアの耳にスッと落ちてきて、胸の奥を震わせる。

「――本当に？」

「本当ですとも」

「本当の本当に？」

「はい」

ギルは二歳になる前から、ずっとナタリアの傍にいてくれた。

そしてアリスが現れた今も、変わらず傍にい続けてくれる。

信じてもいいのかもしれない。

信じてみたい……。

ナタリアは、ギルを縋るように見つめた。

ギルは、ナタリアの気持ちに応えるように頭に手を乗せる。

「だからそんな不安そうな顔をしないでください、私のお姫様」

（どうしよう、泣きそう……）

潤んだ瞳でギルを見つめていると、「ウォン！」とユキが高らかに鳴いた。

ナタリアの気分が少しだけ和らいだのを喜ぶかのように、尻尾を振りながらぐるぐると回っている。

青年期に突入したユキは、今ではもうナタリアの二倍ほどの大きさだ。

一緒にずっと部屋に引きこもっていたので、かなり体力が有り余っているのだろう。

リシュタルトがプレゼントしてくれた温室で毎日のように遊ばせてはいるが、それだけでは物足りないらしい。

勘のいいギルはそのことに気づいたようだ。

「そうだ。ユキを連れて、庭園に散歩にでも行きませんか？」

緑の清々しい香りに、花々の甘い香り、そして抜けるように青い空。

久々の外は、ナタリアの心を弾ませた。

「ほらユキ、キャッチして！」

空高くボールを放り投げると、ユキは巨体とは思えぬ瞬発力で飛び上がり、中空でボールをパクリと咥える。

「上手よ！　いい子ね」

戻ってきたユキの背中をふかふかと撫で、褒めてやる。

ユキはうれしそうに尻尾を振りながら、ハッハッと舌を出していた。

「ドラドに芸を教えるなんて、ナタリア様以外にはできないことでしょうね」

ギルが、感心したように言う。

「きっといい獣操師になりますね」

「なればの話だけどね」

ナタリアは、大好きなユキの顔に頬ずりしながらあいまいに笑った。

「レオン様、見て！　テントウムシだわ！」

そのとき、垣根の向こうから砂糖菓子のような甘い響きの声がして、ナタリアはビクッと肩を揺らした。一度聞いただけなのに、その声はしっかりと耳の奥にこびりついている。

びくびくしながら垣根の隙間から向こう側を覗くと、思った通り、アリスとレオンが肩を並べて歩いていた。

葉っぱの上を指さしきゃぴきゃぴしているアリスとは対照的に、レオンは浮かない顔である。

「アリス、まだこんなところにいていいのかい？　お茶会が始まる時間だろ？」

「そうなんですけど、もう少しレオン様といたいなって思って。あとちょっと、こうしていません？　きっと、私たちがいなくても勝手に始めてますよ」

くねくねと自分の腕に絡みつくアリスに、レオンは苦笑いを浮かべた。

「でも、ホストがいないのはゲストに失礼だろう？　とりわけ今回のお茶会は特別だから、使用人たちが楽しみにしているだろうに」

「え……？　レオン様は、私より使用人の方が大事とおっしゃるのですか？」

「いやいや、そんなわけがないじゃないか！　番の君を誰よりも大事に思っているよ」

「よかった、うれしい！」

（アリスって、こんな子だったっけ？）

初めて会ったときは、田舎臭さの抜け切れていない純朴な少女だったのに、少し見ない間に随分変わったように思う。少なくとも、皇太子であるレオンに砕けた口調で話すほど、大胆ではなかったはずだ。

服装も、随分派手になっていた。

今はフリルのふんだんにあしらわれたピンクのドレスを着ていて、でかでかとしたピンクリボンのカチューシャをつけている。赤いルビーが煌めくハート型のイヤリングも、これまたどでかい。

「ナタリア様、なにをご覧になられているのですか？」

ナタリアがいつまでも垣根から動かないものだから、ギルがずいっと身を寄せてきた。

「おや、あの方はどなたですか？」

「どなたって、アリス様よ」

「アリス様？　見かけない方のようですが、レオン様と随分仲がよろしいのですね」

「え、知らないの？　今ではアリス様を知らない人はいないほど人気なのに」

「昔から、若い女性の顔を覚えられない性質なんです。皆同じに見えてしまって」

隙がないはずのギルの意外な一面を知って、ナタリアはぽかんとした。

「あ、でもナタリア様は例外ですよ」

ギルがナタリアに向けてにっこりと微笑んだそのとき、「おい」という低い声が垣根の向こうから聞こえた。

レオンのアイスブルーの瞳が、隙間からじっとこちらを睨んでる。

「お前、ナタリアから離れろ！」

大急ぎで垣根を回り込んできたレオンが、ギルに詰め寄った。

「前から思っていたが、お前、ナタリアに近づきすぎだぞ！　家庭教師なら家庭教師らしく、距離を保て！」

それからレオンはナタリアを見ると、先ほどまでの剣幕が嘘のような朗らかな笑みを浮かべ、得意げに言った。

「ナタリア、久しぶり。君がこの間僕に頼んだ例の件、順調に手筈を整えているからな」

「え？　例の件とは？」

するとレオンは、「獣操師の認定試験の件だよ」とこっそりナタリアに耳打ちする。

思いがけないセリフに、ナタリアは目を丸くした。

「……覚えてくださっていたのですか？」

「僕が君との約束を忘れるわけがないだろ？」

ナタリアがかわいくて仕方がないといったふうに、レオンが目を細めた。

レオンのうしろでは、アリスが仲睦まじい兄妹の様子を眺めながら、困惑したような笑みを浮かべている。

それでもレオンは、アリスを放ったらかしにして、ナタリアに構い続けた。

今日も相変わらずかわいいだの、ちょっと見ない間に女らしくなっただの、耳がかゆくなるほどの誉め言葉をひたすら浴びせてきたのである。

「お兄様。その、アリス様を放っておいていいのですか？」

「放っているわけではないよ。兄が妹との時間を大事にしてなにが悪い？」

「でも、アリス様はお兄様の番なのでしょう？」

「そうだが、その前に君は僕の妹だろう？」

当然だろう、とばかりに言い放つレオン。

それからレオンはまなざしを鋭くし、ギルを見た。

「お茶会が始まるからもう行くが、いいか、ナタリアにくっつき過ぎるなよ！」

「はい、善処いたします」

名残惜しそうにしながらも、レオンがアリスとともに去っていく。

（なんかお兄様、〝モフ番〟とは違って、アリスの扱いがいい加減じゃない？）

番と出会った獣人は、番しか目に入らなくなり、番中心の生活になると書いてあった。

〝モフ番〟の中では、レオンはアリス以外の女性を冷たくいなし、アリス第一主義の生活を送っていた。もちろん、妹のナタリアも例外ではなかったはずだ。

だからナタリアは、アリスと出会ったレオンは、自分になど見向きもしないと思い込んでいた。

だが、どうやらそうでもないらしい。


それからも、レオンは従来と変わらないシスコンぶりを発揮した。

ギルと一緒に敷地内を歩いていると毎度のように仲を裂きに来るし、暇さえあればナタリアのところにやって来る。

そんなとき、アリスはいつも、レオンのうしろで引きつった笑みを浮かべていた。

ナタリアにとってはありがたい展開だが、戸惑わずにはいられない。

あるとき、勉強の合間にこっそりギルに質問してみた。

「ねえ、ギル。番ってなんなの？　獣人は番を見つけたら、その人以外見えなくなるんじゃないの？」

「まあ、そうですね。本能といいますか、番を盲目的に求めてしまうので」

「でも、お兄様はそういう感じじゃなくない？　出会った頃はアリスにべったりだったけど、最近は別々に行動していることも多いみたいよ」

「それはおそらく、感情が伴わなかったのですよ」

ギルの答えに、ナタリアは目を瞬かせる。

「感情が伴わないって、どういうこと？」

「本能では番を求めているのに、感情では求めていないということです。誰だって、相性があるでしょう？　番なのに相性が合わなかったときに、そういったことが起こるようですよ」

「じゃあ、ラブラブのカミーユとオーガストは、相性も合う番ってこと？」

「はい、そういうことです」

よくできました、と言わんばかりににっこりするギル。

となると、リシュタルトとナタリアの母は、相性が合わなかった番らしい。

そんな現実的な設定、〝モフ番〟にはなかったように思う。

番になったら、ひたすらわき目も振らずに愛されるというシステムだったはず。

だが考えてみれば、この世界は以前から、〝モフ番〟とは少しズレがある。

だからまあ、番設定に多少のズレがあってもおかしくはない。

兄の自分への愛情が失せたわけではないと知って、ナタリアはひとまず安心した。

その一方で、リシュタルトのことを思うと重い気持ちになる。

アリスが現れて以来、リシュタルトはピタリとナタリアに会いにこなくなった。

番設定は緩くとも、アリスの愛されチート力は健在だ。

リシュタルトの気持ちも、使用人たちと同様、アリスの方に傾いてしまったのだろう。

(でも、お父様なんて関係ないわ。今の私のターゲットは、お兄様だもの。お兄様の気持ちが完全にアリスのものでないなら、私にも勝算はあるってことよね)

ナタリアはそう自分に言い聞かせ、気持ちを奮い立たせる。

だが、心に渦巻くモヤモヤとした気持ちは、いつまでも消えてくれなかった。


そんなある日のこと。

ユキの餌をもらいに厨房に向かっていたナタリアは、階段を下りている途中で、階下が騒がしいことに気づく。

一階に下り立つと、人々が悲鳴を上げながら走り回っていた。

石像や壺などの装飾品が大理石の床に散らばり、窓ガラスは砕け、大変な騒ぎである。

「なにかあったの?」

驚いたナタリアは、近くにいた料理人の男に声をかけた。

料理人は顔を真っ青にして「こんなところにいては危険です！　ナタリア様も、早くお逃げください！」と慌てふためく。

「逃げるって、なにから？」

「レオン様が獰猛化されたのです。次々と人に襲いかかって、大変危険な状態です！　早くこちらへ！」

料理人はナタリアを玄関扉の方へと誘導する。

（お兄様が獰猛化って、もう？　たしかその事件はまだ先だったはず。ああ！　アリスが来た時期が早まったから、きっと獰猛化事件もズレたんだわ！）

レオン獰猛化事件については、覚えていたにもかかわらず、時期を見誤っていた。

逃げ惑う人々に紛れて廊下を走るうちに、ナタリアはもうひとつの違和感に気づく。

（そういえば、レオン獰猛化事件の犯人ってナタリアよね？　でも私、なにもしてないわ……！）

〝モフ番〟の中で兄に恋していたナタリアは、アリスに嫉妬し、レオンにこっそり興奮剤を服薬させた。獰猛化したレオンにアリスを攻撃させ、心身ともに彼女に消えない傷を負わせるつもりだったのだ。

（どうしてお兄様は獰猛化したの？）

背筋がぞくっと震える。

番設定が緩くなっても、やはりこの世界のヒロインはアリスなのだ。見えない力がナタリアを悪役令嬢に仕立て、破滅へと追いやろうとしているのかもしれない。

（私、なにをのんびりしていたのかしら。援助なんて求めずに、さっさとこの城から逃げればよかったのよ。このままだったら間違いなくお父様に投獄されてしまうわ）

恐怖で、ナタリアの足取りが重くなる。

「ナタリア様、早く行きましょう！」

料理人がせかしてきたが、ナタリアはそれどころではなかった。

「ナタリア様、しっかり！」

もたもたしているナタリアに、料理人がひときわ大きな声を張り上げたそのとき、ナタリアは柱の陰で震えている黒髪の少女に気づく。

それは、アリスだった。

「アリス……？」

（どういうこと？　皆が逃げても、アリスはひとり気丈にレオンに立ち向かっていくはずなのに。そして愛の力でレオンの獰猛化を沈めて、結果としてふたりの仲はより深まるんじゃなかったっけ……？）

だが目に涙まで浮かべて怯えているアリスは、レオンに立ち向かっていく様子など微塵もない。

「ウォンッ！」

そうこうしているうちに、獣化したレオンの咆哮《ほうこう》が迫ってきた。

「ひぃっ、お、おたすけ〜！」

しびれを切らした料理人は、ナタリアをその場に残し、ひとりで先に逃げていく。

ナタリアはアリスのもとに駆け寄った。

「アリス様、早くお兄様のところに向かってください！」

「私、怖くて足が立たなくて……」

座り込んでガクガクと震えているアリスは、恐怖で腰を抜かしてしまったようだ。

「でも行かなきゃ！　どうか、お兄様の獰猛化を沈めてください！　アリス様しかできないんです！」

するとアリスが、ナタリアに軽蔑したような笑みを向ける。

「なにを言っているの？　バカなんじゃない？　そんなこと、ただの人間の私にできるわけがないでしょう？」

（ええっ！　じゃあ、だれがお兄様の獰猛化を沈めるっていうの？　このままだと被害者が出てしまうわ。〝モフ番〟では、アリスが早くにお兄様の獰猛化を沈めたから、大ごとにはならなかったのに……！）

いくら獰猛化しているからといって、民衆を守るべき皇太子が人を傷つけたとなると大問題だ。皇族の信用に関わる。

「グルルル……」

鼓膜を揺する低音の唸りがすぐ近くから聞こえ、ナタリアはハッとうしろを振り返った。

螺旋階段の手前に、まるで月の光をまとったかのように光り輝く金色の狼がいる。

突き出た鋭い牙、そして血のごとく真っ赤に染まった瞳。

口元からはおびただしい量の涎《よだれ》が流れ出ていた。

（これが、お兄様……）

ナタリアは、ごくりと唾を呑み込んだ。

普段は、優しくて、かっこよくて、そしてときどき間抜けな兄なのに。

そこにいるのは、完全に理性を失った野蛮な獣――。

胸がぎゅっと絞られるような心地だった。

アリスはナタリアの背中に隠れ、ガクガクと震えている。使用人たちはもう全員外に逃げ出していて、城内に残っているのはナタリアとアリスのみだった。
ナタリアは、兄を救えるのは自分しかいないことを悟る。
(獣操学を毎日勉強してきたじゃない。きっと大丈夫)
自分を信じるしかない。
――自分のために、そして兄のために。
ナタリアは手をまっすぐに突き出すと、赤く燃え盛る獣の瞳をじっと見つめた。
一寸も逸らさず、ひたすら目力を込める。
邪念は許されない。集中力の途切れも許されない。
獣はわずかな心の乱れを敏感に感知し、隙を狙って襲いかかってくるからだ。
こちらににじり寄っていた金色の狼が、一瞬だけ足を止める。
だがすぐに再び足を繰り出し、見る間に迫ってきた。
ナタリアは息を吸い込むと、繰り返し勉強してきた古の言葉を口にした。
獣人がまだ獣だった頃、彼らは独自の言葉でやりとりをしていた。
咆哮、唸り、息の吐き方、呼吸の間。
そのすべてが、彼らにとってはコミュニケーションのための手段だったのだ。
語りかけるのは相手の耳ではない、心だ。

獣の本能に、直に言葉を叩き込む。

《お兄様。お願いだから、もとのお兄様に戻って》

必死の叫びが届いたのか、ふとレオンが立ち止まった。

燃え盛る瞳が、陰りを帯びる。

見慣れたアイスブルーの瞳が、見え隠れし始めた。

(うそ、効いた?)

ナタリアの胸が、歓びでいっぱいになる。

だが、それがいけなかったらしい。

ナタリアの心の乱れを感じ取った獣が、再び瞳を赤々とたぎらせた。

「グルルルル……!」

前足をピンと伸ばし、前かがみになって、今にも飛びかかりそうな体勢に入る。

「ウォンッッ‼」

今までとは比べ物にならないほどの、けたたましい咆哮がした。

兄の身体が、天井高く舞い上がる。

次の瞬間、ナタリアは床に叩きつけられる衝撃とともに、獣化した兄の下敷きになっていた。

目の前で爛々《らんらん》と輝く、鋭く尖った牙。

あっと思ったときにはもう、左肩をガブリと噛まれていた。鋭い牙が肌に食い込む痛みが、刃のごとく全身を貫く。肩口からは、とたんに赤い血が溢れ出した。

あまりの痛みに、ナタリアは声すら出せない。

自分の身体が、真っぷたつに噛みちぎられたような気分だった。

(ああ、やっぱりダメだった……)

薄れゆく意識の中、少しでも自分に期待した自分自身を呪った。

悪役令嬢がヒーローを救うなど、やはりどう考えてもあり得ないのだ。

(天地がひっくり返っても、私は幸せになれないのね)

そのときだった。

大きくて温かなぬくもりが、ナタリアの全身をふわりと包み込む。

(え、なに……?)

「――……!」

誰かが、なにかを叫んでいる。

だがなにが起こっているのか確かめる気力はもはやなく、ナタリアはプツリと意識を手放した。

朧げな霧の中で、ナタリアはアパートの一室のようなところを見下ろしていた。
薄汚れた十畳間には、見覚えがある。
（ここは、前世の私の家？）
畳の上では、幼い少女が突っ伏し、声を押し殺して泣いていた。
がらんとした家の中には、彼女を慰める人はどこにもいない。
『お父さん、どうしていなくなっちゃったの？』
――私のことを、大事に思ってなかったの？
彼女のつらい気持ちが、ナタリアの胸に直に届く。
――ずっと、私が邪魔だったの？
悲痛な心の叫びが、ナタリアの心を震わせた。
私はただ、愛されたかっただけなのに――。

ズキンという肩の痛みで、ナタリアは目を覚ます。
吐く息は荒く、全身にびっしょりと汗をかいていた。
薄汚れた十畳間はもうどこにもなく、代わりに花模様の描かれた天蓋《てんがい》が目に映る。

（夢だったのね。たしか私、お兄様に噛まれたはず……）

こうして自室のベッドに寝ているということは、助かったのだろう。

奇跡としかいいようがない。

「目を覚ましたか」

男の低い声がして、ナタリアはハッと横を向く。

ベッド脇に、見たこともないほど深刻な顔をしたリシュタルトがいた。

「え？　お父様？　どうして……」

久しぶりに見るリシュタルトに、ナタリアは動揺した。

「来るのが遅くなってすまなかった」

「……お父様が、助けてくださったのですか？」

リシュタルトはなにも答えなかったが、おそらくそうなのだろう。

レオンに噛まれて意識を失う寸前、ナタリアを抱きしめてくれたのは彼だったのだ。

「レオンの獰猛化は薬で抑えた。だが医師が言うには、薬で抑える以前に大分緩和されていたらしい。お前がやったのだろう？」

「あ……」

ナタリアは返事に困った。

リシュタルトは、ナタリアが獣操師になることを反対している。

だから、獣操力を使ったナタリアを咎《とが》めているのではないかと思ったのだ。

ところが。

「――よくやった」

次にリシュタルトが発したのは、予想外の言葉だった。

目を丸くしていると、まるで労わるように、そっと額に掌を乗せられる。

「レオンは何者かによって強力な興奮剤を飲まされ、獰猛化したらしい。調合した薬だけでは抑えられなかったかもしれないと医師は言っていた。お前のおかげで、完全にもとに戻すことができたんだ」

そう言うと、リシュタルトはぎこちない笑みを向けてきた。

久々に見る父の優しい表情に、ナタリアは泣きそうになる。

アリスが現れてから、リシュタルトはナタリアにまったく関わろうとしなかった。

だからナタリアのことなど、もう眼中にないのだろうと思っていたのだ。

「お父様は、アリス様に夢中なのかと思っていました……」

思わず、本音がポロリと漏れる。

リシュタルトが、怪訝そうな顔をした。

「アリス？　誰だそれは」

「知らないんですか？　ほら、いつもお兄様といらっしゃる……」

「ああ、そういえばそんな女がいたな」

リシュタルトが、どうでもいい話のように言う。

「最近はお前のことで頭を悩ませていたからな。レオンにまで目がいかなかった」

「私のこと、ですか？」

「――俺を避けていただろう？」

言いにくそうにしているリシュタルト。

「避けていたのは、お父様の方じゃないですか。あるときから、私のところにまったくいらっしゃらなくなったし」

「お前が俺を避けるから、あえて関わらないようにしていたんだ。父親が娘に避けられるのがどんなにつらいか、お前には分からないだろう」

ナタリアから視線を逸らしながら、リシュタルトがたどたどしく話す。

（じゃあ、お父様が私を避けていたのは、アリスのせいじゃないの？　たまたまアリスが来た時期と重なっただけで……）

「だが、今は後悔している。俺がきちんとお前のことを見ていれば、こんな惨事にはならなかったはずだ」

「お父様……」

「──肩はまだ痛むか？　丸一日うなされていた」

「はい、少しだけ……。もしかして、ずっと傍にいてくださったのですか？」

「当たり前だろう」

忙しいはずなのに、とナタリアの胸が激しく掻き乱された。

（お父様の手、あったかい）

額に乗せられたままの彼の掌が、たまらなく愛しいものに思えてくる。

そういえば先ほど、リシュタルトはナタリアが獣操力を使ってレオンの獰猛化を緩和させたことを褒めてくれた。

これは、かなりいい流れである。

ナタリアは、ここぞとばかりにあの件について聞いてみることにした。

「お父様」

「どうした？」

「獣操師の認定試験を受けること、今度は許してくれますか？」

ところが次の瞬間、リシュタルトの表情がスッと冷え込む。

「それとこれとは話が別だ」

「そうですか……」

目論見《もくろみ》通りになったと思いきや、そうでもないらしい。

相変わらず、思い通りに動いてくれない父親である。

だが今のナタリアは、一筋縄ではいかない彼を、以前のようにもどかしいとは思わなくなっていた。


ナタリアは一ヶ月ほど安静を言い渡され、部屋で静養することになった。

レオン獰猛化事件の犯人は、いっこうに捕まる気配がない。

身に覚えがなくとも、そのうち自分が犯人に仕立て上げられるのではと、ナタリアは内心ビクビクしていた。だが、なにごともなく平穏に時が過ぎていく。

怪我をしてからというもの、リシュタルトは今まで通り――否、今まで以上にナタリアに構うようなった。静養中は時間があればナタリアの元を訪れ、回復してからも毎日のようにユキとロイの散歩に誘われた。

ナタリアを傷つけてしまったレオンはすっかりしょげていたが、「お兄様が悪いのではございません。私は、変わらずお兄様が大好きです」というナタリアのセリフにキュンとしたらしい。

最近は、シスコンぶりがよりいっそう激しくなっている。

そんなある日。

夜中に目を覚ましたナタリアは、ユキの寝息が聞こえないことに気づく。

ベッドの下で丸くなって眠っていたはずのユキが、いつの間にかいなくなっていた。

見ると、閉めたはずのドアが開いている。

「……ユキ？　また遊び部屋に行ったの？」

ナタリアは眠い目をこすりながら、リシュタルトが十三歳の誕生日に用意してくれた、ユキの遊び部屋に向かうことにした。以前もこういうことがあったので、十中八九そこにいるとは思うが、確認しないとどうも落ち着かない。

途中、二階付近を通りかかったとき、とあるドアから人の声がする。

そこは、たしかアリスの部屋だった。

（アリスって、夜更かしなのね）

気にせず通り過ぎようとしたが、「なんで私が一番じゃないのよ！」という金切り声が耳に入り、ピタリと足を止めた。

（今のって、アリスの声？）

気になったナタリアは、忍び足でアリスの部屋に近づくと、そうっとドアに耳を寄せた。

思った通り、アリスが侍女相手に話し込んでいるようだ。

「おかしいと思わない？　番って、この世のなによりも愛されて大事にされるんじゃないの⁉　そう聞いていたのに！」

普段の愛らしい声からは想像もつかない、ドスの効いた声である。

どうやらかなりうっぷんが溜まっているらしい。

「こんなはずなら、番なんて言って期待させないでほしいわよね」

相槌を打つ侍女の声がした。

彼女はたしか、もとはアリスと同じ洗濯係だったはず。

気心知れた仲だから、アリス専任の侍女として引き抜かれたのだろう。

（なんだか〝モフ番〟の中と、アリスの性格が違うわね）

アリスはいかにもヒロインといった、まっすぐで芯の強い少女だった。

少なくとも、夜中に侍女にうっぷんをまき散らすようなタイプではなかったと記憶している。

「ほんと、なんなのよ、あのシスコン男！　番の私を差し置いて妹にべったりなんてあり得ないわ！」

アリスの怒りの矛先は、ナタリアに向いているようだ。

そしてナタリアは、次のふたりの会話に耳を疑った。

「本当なら今頃、レオン様に襲われて死んでいたくせに！　運がいいんだから！」

「そのために、裏商人に頼んでまで薬を用意したのにね」

「そうよ！　そしてレオン様は、妹を殺して罪悪感いっぱいのところを私に慰められ、私だけを愛してくれるようになる計画だったのよ。それなのに！」

（え……？　お兄様に興奮剤を盛ったのはアリスってこと？）

すべては、レオンに愛されているナタリアをねたんで、アリスが侍女と仕組んだことだったのだ。

これでは、〝モフ番〟の世界とはナタリアとアリスの立場が逆である。

（今すぐ、お父様に伝えなくちゃ！）

ナタリアは、足音がしないように気をつけながら、アリスの部屋から離れようとした。

だが、ふと思いとどまる。

（悪役令嬢の告げ口なんて、信じてもらえるのかしら……？）

ヒロイン力が働いて、なぜかナタリアのせいになり、代わりに投獄されてしまったら？

『俺の目を侮るな。ナタリア、すべてはお前が仕組んだことだったんだろう？　アリスを傷つける者は俺が許さない』

〝モフ番〟の断罪シーンのリシュタルトのセリフが、脳裏によみがえる。

優しい父の態度が急変するところを想像しただけで、背筋が凍った。

この世界は、予定よりずっとナタリアに優しい。

だが、それでも油断は禁物だ。

今までいい思いをしてきた分、ここらへんでまとめて痛い目に遭う可能性だってある。

悩んだ末、怖気づいたナタリアは、アリスのことは秘密にしておくことにした。

# 第五章　獣人皇帝、真実の愛を知る

議会での話し合いの結果、レオンの食事に興奮剤を混入したのは、反皇族派だろうという説が有力となる。リシュタルトの政治に反感を持っている勢力は多少なりともいて、前々から怪しい動きをしていたからだ。

議会が反皇族派を注視するようになってから、城の防衛施策が見直され、獣騎士団長のレオンは日々慌ただしく過ごしていた。

そのため、ナタリアの認定試験については完全に後回しにされている。

北大陸への留学などいったいいつになるのやら、という状況だ。

ナタリアの予想では、〝モフ番〟よりも速いペースで進んでいるこの世界は、いよいよクライマックスに差しかかろうとしている。

ナタリアの投獄まで、あとわずか。

この際、認定試験がどうとか、資金援助がどうとか言っている場合ではない。

（なるべく早いうちに北大陸に逃げて、自分の力で生きていかなくちゃ）

今のナタリアには、その最終手段しか残されていなかった。

ある日の勉強終わり、ナタリアはギルに話があると切り出した。

外はもう日が暮れ、闇に包まれている。

「どうされたのですか？」

「あの、驚かないでね。あなたを信じて言うけど……。私、北大陸に移住しようと思っているの。皇女の身分を捨てて、一生ひとりで生きていくことに決めたから」

真剣に物語るナタリアを、ギルはなにも言わずに見ている。

「それで、城を出る際はあなたに力を貸してほしいの。前に港町に連れていってくれたときのように。最近は警備が厳重だから、前よりも大変だとは思うけど、あなたならやってくれるって信じてる」

緊張しながら、ギルの反応を待つナタリア。

やがてギルは、どこかうれしそうに微笑んだ。

「いつかはそのようなことをおっしゃるだろうと、ずっと思っていましたよ」

「そうなの？」

「ええ。あなたの意識は、幼い頃からずっと城の外に向いているようでしたので。驚くというより、むしろ納得しています」

ナタリアは、ホッと息をついた。

やはりギルは、ナタリアの一番の理解者だ。

「では、力を貸してくれるのね？」

「ええ、もちろん。ただひとつ、不満はありますけどね」

「不満？　ああ、ユキのこと？　やっぱり城に置いていくことにしたわ。連れていくとどうしても目立っちゃうし、ユキの身を危険に晒すことになるもの。離れるのはつらいけど、お父様なら絶対にユキを大事にしてくださるって分かっているから」

「ユキではございません。私は連れていってくださらないのですか？」

「え？」

予想外の話に、ナタリアはきょとんとする。

「当たり前じゃない。もう皇女ではない私と一緒にいても、あなたにはなんの利益もないでしょ？　家庭教師のお給料も払えないし」

「ずっとあなたのお傍にいると言ったではないですか」

「たしかに言ったけど――」

あれは、『ずっと味方でいる』という比喩的な意味かと思っていた。

まさか本当に『ずっと傍にいる』という物理的な意味だとは、考えもしなかった。

そういえば、留学する際は一緒に行きたいと言われたこともある。

あのときは、冗談半分なのかと思って聞き流したけど……。

ナタリアを見つめるギルの目は真剣そのもので、だんだん焦りが湧いてきた。

「本気で言ってるの？」

「もちろんです」

「たしかに、あなたに来てもらえたら助かるけど」

とはいえ、ギルの目的が分からない。

レオンの入れ知恵で、彼をロリコン呼ばわりしてからかったことはあるが、まさか本気でまだまだ少女のナタリアに恋愛感情など抱いているわけがないと思っている。

頭の中が混乱して、ナタリアはすぐに返事ができなかった。

バイオレットの瞳にまっすぐ射貫かれているだけで、無意識のうちに心臓が鼓動を速めていく。

「一生あなたのお傍にいたい、私の願いはそれだけです。それ以上でも以下でもありません」

ギルの言葉が、今までにないほど甘く胸に響いたそのとき。

「ナタリア様、大変です！」

ノックもなく、ドロテが部屋の中に転がり込んできた。

「どうしたの、ドロテ？　そんなに慌てて」

「リシュタルト様が、何者かに襲われたのです！　たった今お部屋に運び込まれたのですが、ひどいお怪我をされているようです！」

「なんですって？」

ナタリアは青ざめると、部屋を飛び出した。廊下を走り、リシュタルトの部屋まで急ぐ。ドアの前には国の重鎮たちが集まっていた。

「お父様！」

リシュタルトの部屋に駆け込もうとしたが、数人に止められる。

「ナタリア様、陛下は今治療中ですので、もう少しお待ちくださいませ」

「お父様は無事なの⁉」

「命に別状はないようですが、しかし――」

言葉を濁す重鎮たち。命に別状はなくとも、おそらく傷は深いのだろう。

ナタリアは生きた心地がしなくなる。

震えるナタリアを見て、重鎮たちは困ったように顔を見合わせていた。

「ナタリア様、ひとまず部屋に戻りましょう」

ナタリアを追ってきたギルが、優しく彼女を連れ戻す。

（このくだり、〝モフ番〟のクライマックスでもあったわ）

部屋へと誘導されながら、ナタリアは思い出していた。

リシュタルト襲撃事件は、反皇族派による闇討ち事件だった。リシュタルトは一命をとりとめるものの、この先レオンも襲撃に遭い、深手を負わされる。

そこでアリスが単身敵の巣窟に乗り込み、チート力で敵を平伏させ、オルバンス帝国に平和をもたらすのだ。リシュタルトはアリスのことを認め、アリスをいびってきたナタリアを投獄するという流れだった。

（お父様とお兄様を襲うのは誰だったっけ……？　たしか〝モフ番〟のクライマックス、アリスと対峙するシーンで出てきたはずよ。思い出せば、お兄様だけでも守れるわ）

ナタリアは一生懸命記憶を絞り出そうとしたが、どうしてもうまくいかない。

「ナタリア様。ずっとぼうっとされていますが、大丈夫ですか？」

ギルの声で我に返る。

いつの間にかナタリアは自分の部屋のダイニングチェアに座っていて、目の前には紅茶が置かれていた。おそらく、ギルが淹れてくれたのだろう。

「陛下なら、きっと大丈夫ですよ。獣人は人間より頑丈にできていますので、少々のことでは大事に至らないでしょう」

ナタリアを励ますように、ギルが言う。

「ええ、お父様は助かるわ。ただこの先お兄様が――」

「レオン様が、どうかされたのですか？」

「い、いいえ。なんでもないわ」

ナタリアは言葉を濁すと、犯人を思い出そうと再び頭を捻った。

だが、やはりどうしても思い出せない。

（そもそも、〝モフ番〟より話の進行が早いのだから、こうなることは予想できたはずよ。犯人が思い出せなくても私がしっかりしていれば、お父様はお怪我をしなくて済んだのに）

ナタリアは、これまで自分のことしか考えてこなかった。

そんな生き方を、今は激しく後悔している。

リシュタルトが大怪我を負ったと聞いたとき、奈落の底に突き落とされるような衝撃を受けたからだ。

自分の中で、リシュタルトの存在が思った以上に大きくなっていたのだと知る。

（私は――）

ナタリアが自分の気持ちに素直に目を向けようとしたとき、ドアをノックする音がした。

「ナタリア様、治療が終わりました。陛下がお呼びです。どうぞいらしてください」

相変わらず殺風景な部屋の中、リシュタルトは上半身裸でベッドに横たわっていた。右腕と脇腹には包帯が巻かれ、額にはびっしり汗が浮かんでいる。顔は血の気を失い、荒い呼吸を繰り返していた。

これほど憔悴したリシュタルトは今まで見たことがなく、ナタリアはショックを受ける。

「毒を仕込んだ特殊な矢で、闇間から撃たれたのです。解毒はしたものの、傷が深いせいか治りが遅く、絶対安静の状況なのですが……。どうしてもナタリア様を呼べとおっしゃいますので」

侍従が、困ったようにそう説明した。

ベッドの周囲には、王宮医をはじめ、深刻な顔をした重鎮たちが集っている。

「お父様……」

ナタリアはリシュタルトに駆け寄ると、シーツの上に投げ出された手をぎゅっと握った。リシュタルトが、唸りながら瞼を押し上げる。

そしてナタリアを視界に収めると、安心したように口元を綻ばせた。

「ナタリアか……」

声がかすれ、ひどく弱々しい。

ナタリアは、姑息な手段で父を襲った敵を心底恨んだ。

「大丈夫ですか？　傷は痛みますか？」

「ああ、問題ない」

そうは言うものの、どう見ても彼は苦しそうだった。

「もう少し、近くへ」

リシュタルトの大きな掌が、震えながらもナタリアを引き寄せる。

「お前に会いたかった」

「……昨夜もお会いしたばかりではありませんか」

「ああ、そうだな。それでも死にかけたとき、真っ先に浮かんだのはお前の顔だった」

金色の瞳を柔らかく細め、ナタリアに笑いかけるリシュタルト。

「お前が赤ん坊のときから構っていれば、もう少し長い間ともにいられたのにと後悔した。赤ん坊の頃のお前は、さぞや愛らしかっただろうな」

「お父様……」

「だがこうして命拾いして、お前にまた会えて幸せだ」

リシュタルトの真摯な想いが胸に刺さって、ナタリアの心を震わせる。

喉の奥が熱くなり、たまらなく泣きたくなった。

嗚咽に耐えるため、唇をぎゅっと引き結ぶ。

自分は彼の元から、すぐにでもいなくなる予定だったのに――。

そんなナタリアの耳に、周囲の重鎮たちのヒソヒソ声が届く。

「とにかくご無事でよかった」

「やはり反皇族派の仕業でしょうか？」

「間違いないだろう。陛下の獣保護施策は、年々厳しくなっている。獣の売買を生業としている者たちが、いよいよ反旗を翻したのだろう」

重鎮たちの会話を耳にしながら、ナタリアはかつてトプテ村で、村人たちが金儲けのためにドラドを売買しようとしていたことを思い出した。

獣を、私欲を肥やす道具としか考えていない連中にとって、たしかにリシュタルトの政策は弊害だろう。

トプテ村での出来事を回想しただけで、ナタリアは今でも腸《はらわた》が煮えくり返る。

だがそのとき、稲妻のようにハッと閃いた。

「そうだ、ダスティン……」

――ようやく、思い出した。

〝モフ番〟の、クライマックスからラストにかけてのすべてを。

(お父様を襲った犯人は、ダスティンよ!)

トプテ村で初めて彼の名前を聞いたとき、引っかかりを覚えた。

今にして思えば、それは〝モフ番〟で彼の名前を目にしたことがあるからだ。

〝モフ番〟のクライマックス、アリスはレオンを救うために、街で情報を集めて敵の巣窟に乗り込む。その場所こそが、トプテ村だった。

そして地下室のようなアジトでダスティンと対峙し、チート力で丸め込むのだ。

城に戻ると、敵を手懐けたアリスは歓迎を受ける。そしてリシュタルトはアリスとレオンの仲を認め、祝賀パーティーの序盤、今までさんざんアリスをいびってきたナタリアを投獄。

だが、そこで一件落着ではなかった。

(そうよ。たしかパーティーの終わり頃、ダスティンを操っていた黒幕が現れるのよ)

本当の敵は、リシュタルトを恨んでいた彼の異母弟だった。

リシュタルトと弟王子の複雑な関係は、以前イサクがナタリアに語ってくれた通りである。

リシュタルトに国を追われたあと、弟王子は悪魔に心を売り渡し、邪悪な力を手に入れた。

そしてダスティンを従え、虎視眈々とオルバンス帝国に混乱をもたらそうとしていたが、アリスのせいで失敗に終わる。

そのため、自ら宿敵であるリシュタルトを殺しにくるのだ。

（それで、お父様は弟王子の攻撃を受けて、亡くなってしまうんだわ）

瀕死の状態で、リシュタルトはアリスとレオンを呼びつけ、幸せになるように告げて命を手放す。

すべてを思い出したナタリアは、ショックから両手で口を覆った。

それが、ずっと気にかかっていたラストの挿絵シーンの全容だ。

（この先、お父様が亡くなってしまうなんて……）

胸をえぐられるような痛みが込み上げ、ナタリアは震えた。

「ナタリア、どうかしたか？　顔色が悪いが」

「いいえ、なんでもないです」

ナタリアはどうにか誤魔化すと、くれぐれも安静にするようにとリシュタルトに伝え、部屋をあとにする。自室に戻ったとたん、へなへなとその場に座り込んだ。

クライマックスに本格的に突入したら、ナタリアは投獄されてしまう。

城から逃げるなら今だ。

（でも、そんなことできない……）

ずっと、約束された自分の死が怖かった。

そのため幼い頃から、リシュタルトを利用して快適な人生を送ろうと、懸命に画策してきた。

そのはずなのに、今は自分の死よりも、リシュタルトの死の方がずっと怖い。

『もう大丈夫だ』

ナタリアが馬車の荷台に轢かれそうになって怯えていたとき、耳元でささやいてくれた彼の声を覚えている。

あのときじいんと染み入った温かな気持ちは、今も胸の奥に残っていた。

トプテ村で、ピンチからナタリアを救ってくれたときもそうだった。

ユキの母親の死にショックを受け、泣きじゃくるナタリアを、リシュタルトはいつまでも抱きしめてくれた。

ぎこちなく頭を撫でる大きな掌。

恥じらうように目を逸らす仕草。

緊張したとき、振り子のように揺れるモフモフの尻尾。

不器用ながらも、彼はいつもナタリアの心に寄り添おうとしてくれた。

血がつながらないながらも、父親であろうとしてくれた。

——そしてナタリアも、もうとっくに、娘として彼を愛していたのだ。

(絶対に死なせないわ)

リシュタルトを襲った犯人は、ダスティンだと分かっている。

ダスティンを探せば、黒幕の弟王子にも行きつくだろう。

このことを知っているのはナタリアしかいない。

そして、リシュタルトを救えるのもナタリアしかいないのだ。

ナタリアは、自分のことは捨て置き、リシュタルトを守ると決めた。

そのためには、今のうちにダスティンと弟王子を見つけ出し、不穏な動きを止めなければならない。

ナタリアは立ち上がると、ギルを振り返る。

「ギル、頼みがあるの。トプテ村の村長が、今どこにいるか調べてくれない?」

ダスティンが投獄されたのは、いまから八年前である。

三年前に、帝都にある牢獄から釈放されたことは耳にしていた。

「トプテ村の村長？　ああ、あのドラドを不法に売買した罪で捕らえられていた方ですね。彼なら、村に戻っておとなしく暮らしているようですよ」

多少の時間が必要かと思ったが、返事は実にあっさりと返ってきた。

調べてもらうまでもなかったらしい。

「知ってたの？　さすがギル」

ナタリアは、聡明なだけでなく、情報にも精通している家庭教師の存在に感謝する。

ギルは顎先をさすりながら、考え込むようにナタリアを見た。

「――なるほど。ナタリア様は、ダスティンが陛下を襲った犯人だと踏んだのですね。賢いお方だ、その可能性は充分あります」

「本当にそう思う？」

ナタリアは前世で〝モフ番〟を読んだから、ダスティンがリシュタルト襲撃に関わっていることを知っている。だが今のこの状況にしてみれば、藪から棒の推理といっていいだろう。

それでもギルは、十三歳の少女の突飛な考えに、どういうわけか潔く同意してくれた。

「ええ。その線が濃厚でしょう。私としたことが、うっかりしてました。彼をもっと注意して監視しておくべきだった」

バイオレットの瞳をほの暗く光らせながら言ったあと、「それで」とギルがこちらに向き直る。

「どうするおつもりですか？　あなたはこの城から逃げたがっている。逃げ出すとしたら、陛下の監視の目が緩くなっている今がチャンスですよ」

ギルの言葉に、ナタリアはゆっくりとかぶりを振った。

「ごめんなさい。逃げるのは、やめることにしたの」

「なぜです？　あれほど固く決心しておられたのに」

「お父様を放ってはおけないもの。お父様があんな目に遭って、本当に大事なものに気づいたの」

決意をみなぎらせたナタリアの目を、ギルはじっと見つめていたが、やがてフッと柔らかく微笑む。

「そういうことですか。それほどまで、あなたに愛されている陛下がうらやましい。では、ダスティンのもとに行きますか？　私はどこだろうとあなたにお供しますよ」

「本当？　ギル、ありがとう！」

とはいえ、ナタリアとギルがダスティンを成敗しにいったところで、なんの解決にもならないだろう。下手をすると、リシュタルトとレオンを救うどころか、自分たちの身も危ない。

頼れるのは、特別な彼女だけである。

「それからあともうひとり、一緒に連れていきたい人がいるの。ちょっと待っててくれる？」


一緒に連れていきたい人とは、もちろんこの物語のヒロイン、アリスだ。

〝モフ番〟では、弟王子にリシュタルトが亡き者にされたあと、彼女は怒りから聖なる光を放出。悪魔に心を売り渡していた弟王子は、その光に浄化されて灰となる。そこで人々は、アリスがこの世界に秩序と平和をもたらす伝説の聖女だと知るのだ。

弟王子は、邪悪な力を手に入れた強者。

獣操師にもなれていないたった十三歳のナタリアが、勝てる相手ではない。

この世界で弟王子に勝てるのは、アリスしかいないのだ。

交渉のためにアリスの部屋に行くと、彼女はバルコニーでひとりもぐもぐとケーキを食べていた。

「アリス様はリシュタルト様の襲撃にショックを受けて、怯えていらっしゃいます。どうかそっとしてあげてくださいませ」

突然部屋に乗り込んできたナタリアを、アリスと仲のよい侍女がすぐに追い返そうとした。

その間も、アリスは口をあんぐり開けて次のケーキを口に放り込んでいる。

「う〜ん、しあわせ〜」と表情をとろけさせている彼女は、どう見ても怯えている様子はなく、ナタリアは侍女を無視して詰め寄ることにした。

「お願いアリス様、助けてください！　あなたの力が必要なの」

「なにをおっしゃってるの？」

「このままだと、お父様だけでなく、お兄様も危険な目に遭うわ！　どうか、私と一緒に敵のところに行って」

アリスはフォークを片手にぽかんとしていたが、やがてさもおかしそうに笑い声を響かせた。

「まるで、誰が陛下を襲撃したか分かっているような言い草ですわね。議会でも犯人が分からず揉めているのに、あなたなんかに分かるわけがないでしょう？　なにかの冗談ですか？」

「詳しくは話せないんだけど、私は犯人を知ってるの。だから大変なことになる前に、彼らを止めなきゃいけない。でも私じゃ無理なの、あなたじゃなきゃ！」

ナタリアは、アリスに必死に食ってかかった。

「なんだかよく分からないけど、私にできることなんてないわ。非力な女の子ですもの」

肩をすくめて、クスッとあざ笑うアリス。

「そんなことないわ！　あなたは――」

「あなたがどうにかすればいいじゃないですか。かわいいかわいいお姫様」

刺々しいアリスの言葉には、リシュタルトとレオンにかわいがられているナタリアへのやっかみがありありとにじみ出ていた。

「でも――」

「もう帰って！　私にできることなんかありません！」

アリスが声を張ったのを合図に、彼女の侍女がずいっとナタリアに迫ってきた。

そのままナタリアは、ドアの外に押し出される。

バタンと荒々しく閉められたドアの前で、ナタリアは途方に暮れた。

（どうしよう、このままじゃお父様は――）

「断られたのですね」

すると、背後からそっと頭に手を乗せられる。

ギルだった。

ナタリアを心配して、アリスの部屋の前で待ってくれていたのだろう。

「でも大丈夫です、私がいますから」

「……あなたに特別な力なんてないじゃない」

「そうですね。ですが、あなたを守りたいという気持ちは誰よりも強く持っています」

グスッと洟をすするナタリアの頭を、よしよしと撫でるギル。

「私だけじゃ心細いとおっしゃるなら、強力な助っ人に頼みましょう。心当たりがあります」

「強力な助っ人なんていらないわ。アリスがいなきゃ……」

聖なる力がないと、弟王子には勝てないに決まっている。

「そもそも、アリス様がいなくても、あなたがいるじゃないですか」

「私じゃダメなの。ただの役立たずだもの」

（私がヒロインだったら、すぐにでもこのピンチからお父様とお兄様を救えたのに……）


でも哀しいかな、ナタリアは悪役令嬢であり、ヒロインの敵である。

ラスボスを倒せる力などあるわけがないのだ。

「では、なにもせずにこの城でじっと耐えていますか？」

ナタリアは潤んだ瞳でギルを見つめ、考え込んだ。

答えは、ノーだ。

リシュタルトの死が待ち受けているのに、なにもせずになんていられるわけがない。

気持ちが伝わったのか、ギルが優しく微笑んだ。

「ナタリア様、信じてください。あなたは役立たずなんかじゃない」

「そんなわけ――」

「自分が信じられないなら、私を信じてください。誰がなんと言おうと、私はあなたのお力を信じています」

はっきりと断言され、ナタリアは今度こそ本当に言葉を失った。

この人は、悪役令嬢の私を信じるっていうの……？

いるだけで人々に害をもたらす、嫌われ役なのに。

だがギルの不思議な気迫に押され、少しだけ自分を信じてみようという気持ちが湧いてくる。

そもそも、彼の言うように、城でじっとしていることなどできないのだから。

ナタリアは涙をぬぐいながら、ゆっくりと頷いた。

それを見て、ギルが満足そうに微笑む。

「では、善は急げですね。さっそく支度にとりかかりましょう」

リシュタルトが療養中の今、城を取り仕切っているのはレオンで、彼は議会に次ぐ議会で大忙しだった。その隙を狙って、ギルとともに城を抜け出す。

ギルの提案で、戦闘要員としてユキも連れていくことになった。今では成人男性よりも大きな身体のユキは、ナタリアへの忠誠心が深く、いざというとき守ってくれるだろうという考えかららしい。

ユキでも乗れる大きさの幌馬車を用意して、まずはトプテ村に通じる街道の入口に停泊する。ここで、ギルが呼んだもうひとりの仲間と落ち合う予定だった。

しばらくすると、焦げ茶色の耳と顎髭を持つ獣人の男が馬車に乗り込んでくる。

「よう！　元気だったか？」

元獣騎士団長のイサクだ。

彼こそが、ギルが言っていた強力な助っ人の正体だった。

なにがあったかは、ギルがすでに手紙で伝えているらしい。

「これがナタリア自慢のユキか！」

イサクは初めて見るユキに興味津々で、ためらわず頭や首をわしわしと撫でている。

ナタリア以外には懐かず、初見の人には決まって牙を剥くユキだが、イサクに抵抗する様子はない。懐くまではいかないが、会ったばかりだというのにある程度信頼しているようだ。

さすが、かつて戦で名を馳せた獣操師なだけある。

「美人なドラドだな！　こんなに白いのは初めて見たよ」

ガハハ、といつものように大声で笑うイサク。

美人と言われ、悪い気はしなかったのだろう。ユキは心持ち得意げに胸を張っている。

「で、リシュタルトを襲った輩を倒しにいくって？」

「はい、簡潔に言うとそういうことになります」

ギルが頷いた。

「あいつとは旧《ふる》くからの仲だ、仇討ちなら喜んで付き合うぜ。平和過ぎてなまっていたところだ、ちょうどいい」

イサクが、自信たっぷりに腕を鳴らした。その背中には、弓矢や斧などがどっさり積んである。見るからに強そうな彼がいるだけで、なんだか心強い。

「イサクおじさん、ありがとう」

「娘のようにかわいがってるナタリアの頼みだ、断れるわけがないだろう？」

イサクが、肉厚な掌をナタリアの肩に置く。

「それにしても、頼りない面子《めんつ》だな。優男に、まだ子供のお姫様、そしてドラドか！　こりゃ俺の実力が試されるときが来たな！」

そう言ってイサクは、またガハハと豪快な笑い声を響かせるのだった。

一行は、さっそくトプテ村を目指すことになった。

「ユキ。動けなくてしんどいだろうけど、しばらく我慢してね。外を歩くと、あなたはどうしても目立っちゃうから」

「クウン」

道中、馬車の中でナタリアは何度もユキをなだめた。

そのたびに、ユキは心配しないでと言うように、ナタリアの鼻先をペロリと舐めてくれた。

トプテ村のある山道に入る直前で、宿屋に一泊する。

ユキを連れて宿泊するのは難しいので、幌馬車に残すことにした。寂しい思いをさせたくなくて、イサクも一緒に寝てもらう。ナタリアが馬車に残るのはギルが許してくれなかった。

「気にするな、ナタリア。ユキはすっかり俺に懐いてるからな、ゆっくり休めよ！」

野蛮なように見えて、イサクはさりげない気遣いのできる男である。

そういったところは少しだけリシュタルトを彷彿とさせて、ナタリアはふと、療養中の父を恋しく思った。

二日目の朝に、トプテ村付近までたどり着く。

馬車で入村すると目立つため、いったん近くの森に停める。

いきなり敵の陣地に全員で乗り込むのは危険なので、先にイサクが村の様子を見に行くことになった。

山間部に位置するここは、オルバンス帝国のほかの地域に比べて気温が低い。

「ナタリア様、寒くないですか？ 煙が上がると目立ってしまうので、焚火ができず申し訳ございません」

「大丈夫よ。ユキがいるから」

ナタリアはユキのモフモフの毛に身体を埋めながら、ギルに明るく答える。

北大陸に多く生息しているドラドは、寒いところに好んで住むといわれている。

八年前、ユキの母親が突然この辺りに住み着いたのも、気候が適していたからなのだろうか?

「あの山に、ユキのお母さんが眠っているのね……」

かつての残忍な事件を思い出し、ナタリアは心を痛めた。

ダスティンは、あの事件以降、ずっとリシュタルトへの報復をくわだてていたに違いない。

そしてリシュタルトを恨んでいた弟王子と利害が一致し、手を組んだのだろう。

「それにしても、自分が悪いのにお父様に逆恨みって、ダスティンって本当にダメ人間よね。黒幕のお父様の異母弟には同情するけど」

かつてオルバンス王国でリシュタルトと弟王子を巡る政権戦いが起こったとき、彼はまだ判断力のない幼児だった。にもかかわらず、妃から生まれた彼こそが正式なる後継者だと、大人たちに勝手に担ぎ上げられたのだ。結果、敗北して王室を追われたわけである。

考えてみれば、気の毒な話だった。

向かいに座っているギルが、驚いたように顔を上げる。

「陛下の異母弟が黒幕？　そう思われるのですか？」

「あ……」

ナタリアは、慌てて口を両手でふさぐ。

ダスティンと見せかけ、弟王子が真の敵だということは、〝モフ番〟を読んだナタリアだけが知っている情報である。うっかり口を滑らせてしまい、ナタリアはたじろいだ。

なんの裏づけもない今、弟王子が黒幕という考えは、突飛でしかないだろう。

ギルは、目を伏せて考え込んでいる。

「そうですか。ナタリア様は、ダスティンではなく、かつて城を追われた彼が真の敵だと考えているのですね。驚きましたが、その読みは悪くないです。彼には陛下を恨む理由がありますからね。よくお気づきになられました」

「そ、そう？」

思いがけず褒められて、ナタリアはてへへと頭のうしろを掻いた。

「以前聞いた話ですが、弟王子は政権争いの戦で敗北したあと、陛下側の幹部に捕らえられ、ひどい懲罰を与えられたそうですよ」

「そんな……！　だって、彼はそのときまだ五歳でしょ？」

むごい話に、ナタリアは震えた。

年端もいかない子供に懲罰だなんて、想像しただけで吐き気がする。

「ええ、そうですね。ですが、それが戦争というものですよ。そして、オルバンス王国の王室に生まれてしまった彼の宿命だったのでしょう」

動揺するナタリアとは裏腹に、酸いも甘いも嚙み分けた大人のように、ギルは平然と話を進めていく。

「そのうえ陛下は、弟にとどめを刺そうと、長年捜しておられた。陛下を亡き者にしなければ、この先彼は殺される可能性もあるわけです。だから弟王子が陛下の命を狙うのは、考えようによっては当然なのですよ」

かつて港町の食堂で、ナタリアとギルは弟王子を捜しているリシュタルト直属の近衛兵を見た。行方不明の宿敵をいまだ追い続けているリシュタルトの執念深さに、あのときはぞっとしたものだ。

だが、ナタリアはゆっくりとかぶりを振った。

「違うわ。お父様は弟王子にとどめを刺すために捜していたわけじゃないそうよ」

数年前、イサクに聞いた話を思い起こす。

「お父様は、弟王子にずっと謝りたいと思っていたようなの。そして城に迎えて、一緒に国を治めるために捜していたみたいよ」

リシュタルトと旧くから付き合いのあるイサクは、彼の性格をよく知っていた。一般的には無慈悲とされているリシュタルトだが、心の奥深くに慈愛の精神を秘めていることを分かっていたのだ。

イサクからその話を聞いたとき、ナタリアはすぐには受け入れられなかった。

だがリシュタルトの優しさを誰よりも知り、父親として心から慕っている今は、胸にストンと落ちている。

ギルが「まさか」と笑った。

「たしかに、陛下はあなたにお優しい。ですが、それはあなたに対してだけです。残酷なことを言うようですが、陛下のお人柄をいいように捉え過ぎていますよ。彼はあなたの前以外では、無慈悲な皇帝に変わりありません」

「いいえ、違うわ」

ナタリアはきっぱりと否定した。

「私には分かるの。お父様は、弟王子のことを大事に思ってる。ずっと小さい頃、離宮の裏にある森にいるお父様を見たことがあるんだけど——あの場所は、お父様と弟王子が唯一会ったことのある思い出の場所らしいの」


ナタリアが一歳になってまもなく、前世の記憶が戻る直前のことである。

アビーとドロテの目をかいくぐり離宮から逃げ出したナタリアは、森の奥にある小さな丘で、生まれて初めてリシュタルトと遭遇した。

そのときの彼は、獣化していた。

どうしてあのときリシュタルトが獣化した姿であの場所にいたのかをナタリアが知ったのは、ずっとあとになってからだった。

リシュタルトとふたりで散歩中、一度だけあの場所にたどり着いたことがある。

その季節、丘には一面に黄色い花が咲いていた。

心が洗われるような絶景で、ナタリアは『わあっ』と瞳を輝かせる。

『きれいですね！』

『ああ』

温かな風に銀の髪をなびかせながら、リシュタルトがどこか遠い目をした。

『昔、獣化がうまくできなくてな。十五歳頃だったろうか、よくこの場所でひっそり

『そうだったのですか？　いつもスムーズに獣化なさるから、獣化って簡単にできるのだと思っていました』

『コツをつかむまでは、案外難しいものだぞ。体力もいるしな。俺がなんとか獣化できるようになったのは、十三歳の頃だった。安定するまでは、まだ時間がかかったが』

リシュタルトの過去話は、ナタリアにとって新鮮だった。

なにもかも器用にこなしているイメージだったが、彼でも苦労することがあったらしい。

沈黙のあと、再びリシュタルトが口を開く。

『練習のおかげでようやく獣化が安定してきた頃、この場所で子供の狼に会ったんだ。仔犬のように小さい狼だった』

『この場所に、子供の狼が？』

ナタリアは首を傾げた。

狼やドラドは獣保護施設にいるので、まず出くわさない。野生種ならまれに出くわすことがあるが、巨体の彼らでもさすがに城の外壁は超えられないだろう。

子供の狼がこの場所にいるなんてことは、あり得るのだろうか？

『俺とよく似た銀色の毛並みを持つ狼だった。とっさに感じたよ、こいつには俺と同じ血が通っているって』

『お父様と同じ血……』

イサクからすでに弟王子の話を聞いていたナタリアは、すぐに合点がいった。

リシュタルトはそのとき、獣化した幼い弟王子に出くわしたのだ。

当時、国王の体調が芳しくないことから、王宮内はすでにリシュタルト派と弟王子派で政権が揺らいでいた。

敵対するリシュタルトと弟王子は引き離されて育ったらしいから、おそらく、それが初めての逢瀬だったのだろう。

『この場所に来るたびに思うんだ。俺よりも、わずか三歳で獣化できた器用なあいつの方が、王に適していたと。俺はあいつに罪滅ぼしをしなければならないと』

それ以上は口を閉ざしてしまい、リシュタルトはなにも語ろうとはしなかった。

だがナタリアは、彼の弟への不器用な愛を、なんとなく感じ取ったのである。

ナタリアが話し終えても、ギルはやはり納得がいっていない顔だった。

唇を引き結び、なにかを考え込んでいるようにも見える。

ちょうどそこに、イサクが戻ってきた。神妙な面持ちである。

「村を偵察してきたが、様子がおかしいぞ」

「なにかありましたか？」

「真っ昼間だというのに、誰も歩いていないんだ。家の中も覗いてみたが、人っ子ひとりいない。村長が捕まってから、廃村になったんじゃねえか？」

「そんなはずないわ。たしかにトプテ村のどこかに村長はいるはずよ」

〝モフ番〟のクライマックス、アリスはダスティンを成敗しにトプテ村に向かったのだから、間違いない。

「じゃあどこにいるってんだ？」

「うーん、たしか地下みたいなところにアジトがあるはず」

「おいナタリア、どうしてそんなことが分かるんだ？」

「えーと……。私、ときどき予知夢を見るの。よく当たるから間違いないと思うわ」

「おいおい、そんな特技があったのかよ。早く教えてくれよ。博打のときに助けてもらったのによお」

　あまり物事を深く考えない性質のイサクは、ナタリアの苦し紛れのこじつけをすんなり受け入れてくれたようだ。一行は、揃ってトプテ村へと急ぐことにした。

イサクが言うように、村はもぬけの殻だった。

怖いくらいに静まり返っていて、上空を飛ぶ鳥の声がやけに響いている。

ナタリアたちは一軒一軒家を確認し、地下に通ずる扉がないか調べた。

だがあったとしても小さな貯蔵庫ばかりで、アジトにされている雰囲気はない。

半日近く家々をくまなく調べ、行き詰まった一行は、とりあえずひと休みすることにした。

以前泊まった宿に集合する。

今は誰も人がいないので、玄関辺りに勝手に身を寄せた。

窓の外はすっかり日が落ち、空には星が瞬いている。

「地下のアジトなんか見つからないじゃねえか。その予知夢とやら、今回ばかりはハズレなんじゃねえか？」

正方形の絨毯の上にドカッと座り、イサクが苦笑している。

ユキも疲れたようで、ナタリアの隣に寝そべりながらあくびをしていた。

「そんなわけないわ。ダスティンは、絶対にどこかに潜んでいるはずよ」

どこだったか、詳細を覚えていないのが悔やまれる。

飛ばし読みをしてしまった記憶すらあるから致命的だ。

（ああ、〝モフ番〟が手元に欲しい……！）

ナタリアとして生まれてから、何度この嘆きを繰り返しただろう。

そのとき、屋外からガタンという物音がした。

いっせいに窓の外へと視線を向ける一同。

「なんの音かしら？　もしかしてダスティン？」

「ネズミが暴れてるだけじゃねえか？」

「クウン、クウン」

「私が見てきましょう」

ギルが立ち上がり、蝶番《ちょうつがい》の音に注意しながら、そっと屋外に出ていく。

宿屋の玄関ホールには、ナタリアとイサク、それからユキが残された。

いつまでたってもギルは戻らず、ナタリアはだんだん不安になってくる。

「なにかあったのかしら？」

ギルは賢いが、武芸に秀でているわけではない。というより、人と闘っているところを見たことがない。不意打ちで襲われたら、一発でのされてしまう可能性だってある。

「あの優男、弱そうだもんな！　ひょっとして今頃、敵にボコボコに殴られてるんじゃねえか？」

ナタリアが深刻に悩んでいるというのに、ガハハと無神経な笑い声を響かせるイサク。

ムッとしてイサクを睨むと、ユキも彼を責めるように体当たりした。

あまりの衝撃に、イサクがあぐらを掻いたままの体勢で、ドンッと床に倒れ込む。

「ユキ、なにしやがる！　痛いじゃねえか！」

イサクが、腰をさすりながら憤慨した。ユキの足が引っかかったせいで、絨毯がめくれてしまっている。直そうとしたナタリアは、あることに気づいて声を上げた。

「待って！　ここ、なにかある！」

先ほどまでは絨毯に隠れて見えなかったが、床に取っ手のようなものが付いている。

「なんだ？　おい、これはもしかすると――」

目の色を変えたイサクが、絨毯をすべてはがすと、真四角の扉らしきものが姿を現した。

今まで見つけた地下室の扉に比べ、あきらかに大きい。

「ここだったのか」

取っ手に手をかけ、一気に開け放つイサク。

扉の向こうには、地下へと続く長い石造りの階段が伸びていた。

これは、貯蔵庫の規模ではない。

「間違いなさそうだな。優男が戻ってきたら入ってみるか」

ヒソヒソ声で、イサクが言う。

敵は、何人いるか分からない。万全の備えで向かった方がいいだろう。

ナタリアも同意して、イサクとともにもう一度床に腰を下ろした。

「ユキも座って。ギルが戻ってくるまで待ちましょう」

ユキにも声をかけるが、ユキはナタリアの指示には従わず、起立したままだった。

まるで吸い寄せられるように、じっと階段を見下ろしている。

「ユキ？　どうしたの？」

ナタリアは、首を傾げた。

耳がピンと立ち、目は見開かれていて、どうも様子がおかしい。

すると次の瞬間、ユキが全速力で階段を駆け下りていく。

「ええっ、ユキ⁉」

ユキが、ナタリアの言うことを聞かないのは珍しい。

どう対処したらいいか分からず、あたふたしていると、イサクが眉をひそめてボソッとつぶやいた。

「まさか、〝集体〟か……？」

〝集体〟とは、獣操学の用語で、仲間が集っていると自ずとそちらに引き寄せられるドラドの習性をいう。

「どういうこと？　この中にドラドがたくさんいるの？」

ナタリアはぞっとした。

ドラドは、野山に生息する獣だ。地下に集っているなど、あきらかに不自然である。

イサクが悩ましげに首を捻った。

「無理矢理連れてこられたなら、その可能性はある。だが、あの巨獣を操れるやつがそんじょそこらにいるとは思えないな。それにしてもなんだ？　妙な匂いがする」

獣耳をひくつかせながら、鼻を鳴らしているイサク。

ナタリアはハッとした。

「もしかして、ラーの花……」

人間には分からないが、鼻のいい獣人は、ラーの花の香りを嗅ぎ取ることができる。

今回も、ラーの花の催眠効果を使用して、ダスティンが地下にドラドを監禁しているのかもしれない。

「ユキが危ない……！」

ラーの花で催眠状態にされたあげく、銃で撃たれたユキの母親を思い出し、ナタリアは全身から血の気が引いていくような感覚がした。

居てもたってもいられなくなり、ユキを追いかけて、一目散に階下へと走り出す。

「ナタリア、待て！」

背後からイサクの慌てる声がしたが、足を止めようとは思わなかった。

「なんだこのドラドはっ！　こんなの捕らえたか⁉」

「いや、捕らえた覚えはない！　獰猛化する前に、薬で催眠状態にしろ！」

途中で、下から男たちの声が聞こえてくる。

（どうか、間に合って……！）

ようやく階段の終わりが見えてきた。

滑り込むようにしてたどり着いた先は、石造りの床と壁でできた、まるで牢獄のような空間だった。

壁から伸びた鉄の鎖には首輪がついていて、三頭のドラドが捕らえられている。どのドラドも生気を失い、ぐったりと床に伏していた。身体には、痛々しい無数の鞭傷がある。

その前で、三人の男とユキが対峙していた。

男たちの手には屈強な革の鞭が握られていて、彼らがドラドを虐待していたことは一目瞭然だった。

「なんてひどいことを……！」

ナタリアの内側から、ふつふつと怒りが込み上げる。

「ウーッ、ウォンウオンッ！」

仲間の哀れな姿を目《ま》の当たりにして、ユキも激昂していた。

「グル、グルルル……！」

唸りを上げたユキの目が、徐々に赤く充血していく。——獰猛化だ。

牙を剥き出し、涎が滴るほどきつく歯を食いしばったユキは、今にも男たちに襲いかからんばかりの低姿勢になる。

「獰猛化したぞ！　危険だ、早くラーの花を！」

ユキに向けて、男のひとりが香水のようなものを噴射させた。

霧状のそれを浴びたとたん、ユキはよろめきバランスを崩す。

「ユキ！」

ナタリアは慌ててユキに駆け寄ったが、次の瞬間、真っ赤な目でぐわっと牙を剥かれる。

初めて見るユキの猛獣そのものの顔に、ナタリアは恐れをなし、身動きが取れなくなった。

「ナタリア、今はユキを信用するな！　獰猛化した獣は、敵も味方も関係なくなるんだ！」

うしろから走り込んできたイサクが、勢いよくナタリアをユキから引きはがす。

そしてナタリアを片手で守りながら、牙を剥いているユキに向けて反対の手を突き出した。

《ユキ、目を覚ませ。ナタリアはお前の親みたいなもんだろ？》

目をつぶり、古の獣言葉を口にするイサク。

まるで呪文のようなそれは、独特な抑揚とともに、冷たい地下室いっぱいに響き渡った。

静かなようでいて、胸の奥に響く力強い声。

ユキはピタリと身体の動きを止め、イサクの声にじっと耳を傾けている。

（すごいわ。これが、イサクの獣操力なのね）

かつては大陸一と名を馳せた獣操師イサクの力を、ナタリアは初めて目にする。

いつもは酒を片手に冗談ばかり言っているような男だが、漂う気迫は只者ではなかった。

その証拠に、ユキの怒気が薄れていくのが、目に見えて分かる。

ドラドは、獣の中でも群を抜いて獰猛化を沈めるのが難しいとされているのに。

「クルルゥ……」

ユキの声に、いつもの色が戻った。

「ユキ……」

ナタリアは、イサクの腕の中で顔を輝かせる。――ところが。

「ドラドよ、野蛮な獣の本性を取り戻せ！」

突然降ってきた野太い声が、空気を揺るがした。

いつの間にかユキのうしろには、顎髭の生えた痩せた老人がいた。

血走った目を見開き、注射器のようなものを空中に掲げている。

（ダスティン！）

以前見た紳士的な容貌からは様変わりしているが、彼は間違いなくダスティンだった。

ナタリアがハッと息を呑んだときにはもう、注射器はユキの背中に振り下ろされていた。

「キャウン！」

ユキが、悲痛な声を上げる。

あっという間に、ユキは先ほどとは比べ物にならない、まがまがしい顔つきに変貌していた。

「グルルルッ、グルルルルッ……‼」

歯茎が剥き出しになるほど食いしばった牙、鋭く吊り上がった真っ赤な瞳、聞いているだけで身がすくむ重苦しい唸り声。

「くそっ、興奮剤か！」

イサクがチッと舌打ちしたのと、ユキが彼に飛びかかったのは、ほぼ同時だった。

ガブリと首に噛みつかれ、イサクが呻きながら床に倒れ込む。

「く……っ！」

「イサクおじさん！」

イサクは、傷口を手で抑えて必死に痛みに耐えていた。だがそうしている間にも、指の間からは絶えず血が流れ出ている。傷がよほど深かったのか、血の量が尋常ではなかった。

しばらくすると、イサクは動かなくなってしまう。

胸が微かに上下しているので、まだ息はかろうじてあるらしい。

あまりのことに、ナタリアは怒りで打ち震える。

もちろん、怒りの矛先はユキではない、ダスティンだ。

「イサクおじさんに、なんてことを……！」

震え声でつぶやくと、ダスティンがニヤリと不敵な笑みを浮かべた。

「これはこれはナタリア皇女。随分大きくなられましたなあ。以前にお会いしたときは、まだ幼い少女でしたのに」

ナタリアは、ダスティンをキッと睨みつける。

「この期に及んでドラドを自分の思い通りに操ろうとするなんて、最低ね」

鎖に繋がれぐったりとしているドラドたちと、目の前で理性を失っているユキに目を馳せる。悔しさで目元が潤んできた。

「あなたはなにか勘違いなさっているようですね。これが本来のあるべき人と獣の関係なのですよ」

ダスティンが、男のひとりから銃を受け取りながら言う。

慣れた手つきでカチカチと銃を調整しながら、ダスティンは続けた。

「獣は人に支配されるべき存在です。かつて、そうやってこの国は均衡をなしてきたが、残念なことに近年は崩れつつあります。とりわけ獣人皇帝リシュタルト――あなたのお父上が政権を握られてからは、獣至上主義が高まり、この国はおかしくなってしまった」

「……あなたがお父様を襲撃したのね」

ダスティンが「ほう」としらじらしい声を出す。

「よくぞ見抜きましたね。彼に反発している者は私だけではないのに、皇女の勘ですか？　あなたはまだ子供ですが、侮れないようだ。ご褒美に、教えてあげましょう」

準備を整えた銃を構えながら、ダスティンが言う。

「そもそも、あなたの父上は正式なオルバンス帝国の皇位継承者ではありません。正式な皇位継承者はほかにいらっしゃるのです。つまり娘であるあなたも皇女と名乗るにはおこがましい存在なのですよ。そもそも、あなたはリシュタルトとも血がつながっていないただの部外者ですけどね」

あざ笑うように語るダスティンは、リシュタルトの異母弟のことを示唆しているようだ。

黒幕である彼も、この場のどこかにいるのかもしれない。

ナタリアは辺りに目を配ったが、それらしき人物は見当たらなかった。

「おっと、よそ見をしていいのですか？　あなたは今、まさにドラドに食い殺されようとしているのですよ」

ナタリアは、目の前で唸りを上げているユキに視線を戻す。

興奮剤によって操られたユキは、もはや完全に理性を失っていた。

「ユキは私を襲ったら、今度はあなたたちを標的にするわ。獰猛化とはそういうものだもの。私がやられたとしても、あなたたちが食い殺されるのも時間の問題よ」

「残念ながらそうはなりません。あなたが襲われた後で、そのドラドを撃ち殺しますからね。かつて殺したそのドラドの母親のように」

ダスティンが、手にした銃をユキに向けた。

（ユキがあのときの子ドラドだって、気づいていたのね）

ナタリアは、いよいよもって怒りが収まりきらなくなる。

「あなたのこともこの銃で撃ち殺して差し上げてもいいのですが、込み入った事情がありましてね」

ダスティンが、下劣な笑みを浮かべた。

「かつて私は、下等な獣を売りさばくことで、鋼鉄業の衰退で廃れた村に、活気を取り戻そうとしていました。ところがあなた方が村に来たせいで、計画が丸つぶれになったのです。ようやく釈放されて村に戻ったとき、村人たちはほとんどこの地を離れていました。私を信じて残っていたのは、ここにいるわずかな者たちだけです。あなたは私からあらゆるものを奪った、天使の皮をかぶった悪魔だ。私は憎んでも憎み切れないあなたが無残にも食い殺されるところを、この目で見てみたいのですよ」

なんて見下げた男だろう、逆恨みもいいところだ。

ダスティンを心底軽蔑したとたん、不思議と心が軽くなった。

怒りが消え、こんな状況だというのに、気持ちが落ち着いてくる。

ナタリアはユキに向けて、優しく語りかけた。

「ユキ、大丈夫よ。あんな人の思惑通りになんてさせない、あなたを助けるわ」

ナタリアはユキの目をじっと見つめ、古の獣の言葉を唱え始めた。

獰猛化したレオンを救おうとしたときとは違う。

できるかどうかなんて迷いは、まったくなかった。

なにがあろうと、絶対にユキを助ける。その気持ちだけ。

獣操力を振り絞っているナタリアを、ダスティンはさもおもしろそうに見物している。

真っ赤に染まったユキの目を、ナタリアは一心に見つめ続けた。

集中するあまり、額には汗がにじみ、呼吸も細切れになる。

白くてモフモフの、唯一無二の大親友。

大好物のチーズを食べるときは尻尾が小刻みに動くことも、ときどき「グフッ」とかわいい寝言を言うことも、ナタリアだけが知っている。

ナタリアとユキは、種族を超えてお互いを信頼し合っている仲だ。

たとえ獰猛化していようと、その事実は捻じ曲げられない。

絶対に絶対に、救ってみせる——。

《ユキ、いつものあなたに戻って——》

ナタリアの口から懇願のような言葉がこぼれ出たとき、ユキの耳がピクッと反応した。

まるで潮が引いていくように、いきり立っていた眼光が和らいでいく。

剥き出された牙が引っ込んで、逆立っていた毛が元に戻っていった。

「ユキ……？」

「クウン」

ユキが尻尾をパタパタと振って、ナタリアの声に応える。

そしていつものようにナタリアに擦り寄ると、大きな舌でぺろりと頬を舐めた。

いつも通りの、大好きなユキだった。

「ユキ、もとに戻ったの……?」

「クウン、クウン」

なに事もなかったかのように、ナタリアの頬を舐め続けるユキ。

その様子を見ていたダスティンが、忌々しげに舌打ちをした。

「くそっ、両方撃ち抜いてやる!」

銃が、まっすぐこちらに向けられる。

ナタリアはユキを力強く抱きしめると、ぎゅっと目を閉じた。

だが次に聞こえたのは、銃声ではなく、「ぐはっ」とうめくダスティンの声だった。

ガチャリ、と彼が手にした銃が床に落下する音がする。

(なにが起こったの……?)

恐る恐る瞼を上げると、苦悶の表情で床に倒れているダスティンが目に入る。

彼を踏みつけながら立っていたのは――ここにいるはずのないリシュタルトだった。

ほの暗い地下室ですら、特別な輝きを放つ銀色の髪、そして見る者をくぎ付けにする金色の瞳。

漆黒のマントを翻し颯爽と現れた獣人皇帝に、「なぜここに……！」「深手を負ったはずでは？」とダスティンの配下たちが恐れおののいている。

「ぐうっ、くはっ！」

繰り返し鳩尾《みぞおち》を踏みつけられ、ダスティンは痛みにあえいでいた。

「お父様、どうしてここに？」

信じられない光景を前に、ナタリアとて理解が追いつかない。

リシュタルトは深手を負って動くこともままならず、寝たきりのはずなのに。

「俺の前で、『ダスティン』とつぶやいていただろう。あのとき俺は、お前が俺を襲った犯人がダスティンだと踏んだのが分かった。お前のことだから、またあの家庭教師を引き連れて乗り込むんじゃないかと予想したが、その通りだったな」

咎めるようなまなざしを向けられ、ナタリアは居すくんだ。

「イサクに同行を頼んだのは、あの家庭教師だけではない。俺からもお前を見守るよう頼んだんだ。そして俺はこっそり後を追った。ダスティンが真犯人だというお前の推理も、あながち間違いではないと思ったからな。案の定だったが」

怒りを込めるように、ダスティンを踏みつけている足を今度はぐりぐりさせるリシュタルト。

「もうやめてくれ……っ！」と、ダスティンが情けない声を上げている。

だが無慈悲な皇帝は、その行為をやめるどころか、ますます悪化させた。

ダスティンはいい気味だが、ナタリアはリシュタルトが心配になってくる。

闘うときは獣化した方が有利なのに、彼は今人間の姿のままである。

獣化していないのは、傷がまだ癒えていないからではないだろうか？

獣化は、思った以上に体力を要すると、以前リシュタルトが言っていた。

「もしかして、先ほど宿屋の外から音がしたのも、お父様だったのですか？」

「ん？　ああ、ちょっと不注意でな。あの家庭教師はうまいこと撒いたが、そろそろ追ってくるだろう」

ガタンというあの物音は、リシュタルトが立てた音だったらしい。

「……お前ら、なにをしている！　早く……こいつをどうにかしろ！」

息も絶え絶えに、ダスティンが彼の配下に向けて叫んだ。

男たちは、ハッとしたようにそれぞれ懐から短剣を抜くと、リシュタルトに襲いかかった。

だが、無敵の獣人皇帝に敵うはずもなく、あっという間に三人とも気絶させられてしまう。

「くそ、こんなはずでは……！　あのお方さえいてくれれば、すべてはうまくいったのに……！　どうして急にいなくなってしまわれたのだ……！」

ヒューヒューと肺に穴が開いたような息をしながら、ダスティンが嘆いている。

（あのお方って弟王子のことよね？　今の発言からすると、ここにはいないの？）

〝モフ番〟とは違い、今回の騒動はダスティンの単独行動だったということだろうか？

だとしたら、弟王子の出番はもうないのかもしれない。

そして、リシュタルトが彼に殺されることも。

「お父様！　よかった、助かるわ！」

ナタリアは思わず、父に抱き着こうとした。

だが、つい先ほどまで男たちと闘っていたはずのリシュタルトの姿がない。

ハッと辺りを見渡すと、床に倒れている彼が目に入る。

脇腹と腕からはドクドクと血が流れ出し、先ほどまでの威勢が嘘のようにぐったりしていた。

「お父様……⁉」

ナタリアは、慌てて父のもとへ駆け寄った。

リシュタルトは薄目を開け、洗い息を繰り返している。

乱闘のせいで、傷が開いてしまったようだ。

やはり、動き回るにはまだ無理があったのだろう。

「お父様、どうしてこんな状態なのに、私を追ったりしたのですか⁉　ほかの人に任せることだってできたのに……」

するとリシュタルトは、朦朧とした目をフッと優しく細めた。

「お前のことを、ほかの者に任せられるわけがないだろう？　俺のこの世でもっとも大事な娘なのに」

リシュタルトの言葉が深く胸に染み入って、どうしようもないほどナタリアの心を震わせた。

溢れ出た温かな涙が、頬を滑り落ちていく。

傷を負った皇帝自らが、あとを追うなどバカげている。

きっと今頃、城では重鎮たちが大騒ぎしているだろう。

だが、彼はこうせずにはいられなかったのだ。

ほかの人間には、ナタリアの身の安全を任せられないから。

リシュタルトは機知に長け、武力にも優れた無敵の獣人皇帝だ。

しい。

だがナタリアが関わることとなると、こんなふうに周りが見えなくなってしまうらしい。

「お父様は、おかしくなってしまわれたのですか……？」

「そうだな、そうなのかもしれない。お前のことがかわいくて仕方がないんだ」

（私は、それほど愛されてるのね）

ナタリアはあらためて、自分のような欲にまみれた娘を愛してくれた父親の存在を、ありがたく思った。

「ウーーーッ！」

だが、感動のひとときはあっという間だった。

ユキの低い唸りが聞こえ、ナタリアはハッと顔を上げる。

ユキの真向かいに、銃を構えたダスティンが立っていた。

足元はおぼつかず、ゼハゼハと苦しげに肩で息をしている。

いつの間にか、命からがら遠くに放り出された銃を取りにいったらしい。

「うるさい！　邪魔だ、ケダモノめ！」

バンッと銃声が室内に反響した。

「キャウンッ！」

ユキの身体が跳ね、宙を舞う。

ダスティンの放った銃弾が、ユキの右太ももに命中したのだ。

「ユキ……！」

バタンと倒れ、もがくように呼吸をしているユキ。

銃弾を受けた太ももからは血が溢れ、あっという間に辺りを赤く染めた。

「次はお前たちだ」

ダスティンが、今度はこちらに銃口を向けた。

引き金にかかった指先に、じわじわと力が込められる――。

「やめて――っ！」

ナタリアは、無我夢中でリシュタルトに覆いかぶさった。

（お父様だけは死なせない！）

愛する父親の死は、自分の死よりも耐え難い。

「お父様、大好き」

「ナタリア、どけ……っ！」

リシュタルトの悲鳴のような声が、父への愛をささやく娘の声に重なった。

――そのときだった。

「ウォォオオオン‼」

天地が裂けるほどのけたたましい咆哮が、地下室を揺るがす。

――バンッ！

ほぼ同時に、破裂音のような銃声が響いた。

だが咆哮のせいで気を散らしたのか、銃弾は標的を逸れてしまう。

ガンッと石壁にぶち当たった銃弾は、めり込んでひび割れを残したあと、カランと音をたてて床に転がった。

ナタリアは、震えながら身体を起こした。

恐る恐るうしろを振り返ると、階段の手前に、銀色の狼が立っていた。

獣化したリシュタルトによく似た、神々しいまでに美しい毛並みを持つ立派な狼である。

ナタリアの視線に誘われるように、狼もこちらを見た。

ナタリアをまっすぐに見つめる、神秘的なバイオレットの瞳。

そのまなざしに、ナタリアは充分すぎるほど覚えがあった。

十年以上、毎日のように近くでその目を見てきたから。

あるときは自室の勉強机で、あるときは王宮敷地の芝生広場や庭園で。

こっそり通った港町の食堂でも、毎回その目に守られてきた。

(――ギル？　ギルなの？　でもギルは人間よ、獣化できるはずないわ)

ナタリアが混乱していると、「おおおっ！」という雄叫びに似た歓喜の声がした。

ダスティンが銃を投げ捨て、床に両手をつき、突如現れた狼に向かって深々と頭を下げている。

「クライド様！　戻ってきてくださったのですね！　この十年、私はあなたを探し続けていたのですよ！　そしてそのお姿！　ああ、ついに忌々しいあの呪いが解けたのですね！」

(クライドって誰？　呪いってなんのこと？)

「クライド？　まさか……」

リシュタルトが、彼にしては珍しく声を震わせた。

ナタリアは、ハッと過去の記憶を手繰り寄せる。

港町の食堂で、たしか一度だけその名前を耳にしたことがあった。

クライド――行方をくらましているリシュタルトの異母弟の名前だ。

ゆっくりと四肢を繰り出し、陶酔した目で自分を見つめるダスティンに近づく狼。

見れば見るほど、獣化したリシュタルトにそっくりである。

ただひとつ、瞳の色を除けば。

ダスティンの前まで来たとき、銀色の獣は、いつの間にか獣人に姿を変えていた。

バイオレットの瞳を持つ、長身の美青年——。

やはり、彼はギルだった。

だが黒かったはずの髪は銀色になり、つい先ほどまではなかったはずの銀色の獣耳がピンと立っている。腰からは、フサフサの銀の尻尾が生えていた。

なにがどうなっているのか分からないが、今のギルは、どこからどう見ても獣人だ。

ナタリアは、今さらのように異常事態に気づき、身震いする。

(ギルの正体が、お父様の異母弟だったなんて。つまり、ダスティンを操っていた黒幕ってこと? ああ、そうか。ギルはラストシーンにしか登場しないから、小説に出てきた覚えがなかったのね……)

——『自分が信じられないなら、私を信じてください』

ナタリアに勇気をくれた、彼の言葉が耳によみがえる。

敵だらけのこの世界で、ギルだけは味方だと思っていた。

正体不明だし謎だらけでも、真摯なまなざしは嘘を言っているようには思えなくて、ナタリアは理屈関係なく、勘だけを頼りに彼を信頼してきたのだ。

（でも、それも全部嘘だったってこと？　お父様を失脚させる目的で、私に近づくための……）


まるで世界が、真っ黒に塗りつぶされていくようだった。

人の裏切りなど想定内だが、彼だけは違ったのだ。

ギルに裏切られることが、こんなにも苦しいなんて。

――ところが。

「ナタリア様、大丈夫です。私はあなたの味方です」

まるでナタリアの絶望を見抜いているかのように、ギルが言った。

「私を信じてくださいと言ったでしょう？」

拍子抜けするほどいつもの調子でギルが言う。

ナタリアの胸の奥がじんわりと温かくなって、どうしようもなく震えた。

（ああ。見た目は変わったけど、やっぱりギルなのね……）

「クライド様！　あなたこそ、この国の頂点に立つべきお方です。どうかそのお力で、憎きあの男を成敗してください！」

狂気を孕んだダスティンの声が、キンと鳴り響いた。

ギルは無表情でそんなダスティンを見下ろすと、冷え切った声で言い放つ。

「私は、あなたのもとに戻ってきたわけではありません。かつてあなたが私に持ちかけたように、兄を皇帝の座から引きずり下ろす気概は、もうないのです」

「なにをおっしゃっているのです⁉　では、どうしてまた私の前に姿を現されたのですか⁉　今度こそリシュタルトを葬るためでしょう⁉」

「簡単なことですよ」

ギルが、にっこりといつもの笑みを浮かべた。

「大事な人を守るためです」

理解できないというふうに、ダスティンが表情をゆがめる。

ギルは膝を折ると、床に這いつくばっているダスティンに語りかけた。

「私はかつて、たしかに兄を憎んでいました。兄のせいで王室を追われ、懲罰という名の残酷な呪いをかけられ、獣人の力を奪われたのですから。でも今は、そんなことはどうでもいいのです。彼女の存在が、私に教えてくれました」

言い終えるなり、ギルは再び銀色の狼に姿を変えた。

間近で、刺すような殺気を放つバイオレットの瞳に射抜かれ、ダスティンが「ひぃっ」と怯え声を上げる。

身の危険を感じたのか、ダスティンは慌てて銃を突きつけようとしたが、ギルの動きの方が何倍も速かった。

グワッと牙を剝き出し、ダスティンの腕に食らいつく。

鋭い牙が肉に食い込み、骨を砕く無残な音が響いた。

「ひぃぃぃぃっ！」

あまりの痛みに、ダスティンは断末魔の叫びに似た悲鳴を上げる。

彼の手から離れた銃が、ガチャリと音をたてて床に落下した。

「た、たすけて……」

もはやダスティンは、血の滴る腕を抑えながら、助けを求めることしかできないようだった。

バイオレットの瞳を持つ銀色の狼は、そんなダスティンを壁際まで追い詰めると、容赦なく喉元に食らいつく。やがてダスティンは、うめき声を上げてその場に倒れ込み、気絶した。

地下室に、水を打ったような静けさが訪れる。

気絶しているダスティン、その配下の男たち、それからイサク。

ユキはかろうじて意識があるものの、太ももからの出血が激しく、床に突っ伏して動けない状態だ。

傷が開き、腕と脇腹から血を流し続けているリシュタルトも、意識を手放すのは時間の問題だろう。

それでもなお、彼がナタリアを抱く腕を緩める気配はない。

ギルが、もう一度獣人の姿に戻る。

そしてナタリアに「驚かれましたか？」と困ったような笑みを見せた。

「驚いたもなにも……」

どこから整理したらいいのか分からない。

とにかく分かっているのは、ギルの正体はリシュタルトの異母弟だったけど、ナタリアの味方だということだけだ。

「まさか、お前の正体がクライドだったとはな……。呪いで髪と目の色が変わっていたのか」

言葉を失っていると、リシュタルトの声がした。

淡々として、冷たい語調である。

いつもの彼の声のようにも聞こえるし、そうでないようにも聞こえた。

感情の読み取れないリシュタルト――異母兄に、ギルが複雑そうな視線を向けた。

するとリシュタルトは、わずかに口角を上げ、金の瞳を穏やかにする。

「とりあえず、お前に礼を言う。これまで、さぞつらい思いをしただろう。それでも、お前が生きていてくれてよかったと心から思う――クライドよ」

ギルが、驚いたようにバイオレットの瞳を見開いた。

それから彼は息を呑むと、泣いているような笑い方をした。

いつもどこかしら影のある笑い方をするギルが、ナタリアの前で初めて少年のような純粋な笑みを浮かべた瞬間だった。

ダスティンは再び投獄され、今度は一生を獄中で過ごすこととなった。

トプテ村の地下に捕らえられていたドラドたちは、獣保護施設で治療を施され、順調に回復してきているらしい。

ダスティンは闇薬師を利用して、ラーの花を使った催眠薬だけでなく、ドラドをおびき寄せる薬も開発していた。そのせいで、トプテ村の裏山には、定期的に野生のドラドが住み着いていたようだ。

イサクとユキは城に搬送され、傷の治療に専念している。両者とも回復が早く、あれほどの怪我を負いながら、一週間でほぼ元通りに動き回れるようになったというから驚きだ。

一方のリシュタルトは、傷の回復に時間がかかっていた。

「お父様、お加減はいかがですか？」

その日もナタリアは、朝食を終えてすぐ、リシュタルトの部屋を訪れた。

こうして朝から夕食前までリシュタルトに付き添い、看病をしたり所用の手伝いをしたりするのが、この頃のナタリアの日課になっている。

「来たか。おいで、ナタリア」

ナタリアが入ってくるなり、リシュタルトは待ちかねたように彼女を近くに呼び寄せる。

ナタリアは今日、あつらえたばかりの純白のドレスに身を包んでいた。

目を細め、そんなナタリアを幸せそうに見ているリシュタルト。

「俺の娘は、今日も一段とかわいいな」

そう言うと、リシュタルトはナタリアの額に触れるだけのキスをした。

あの冷徹皇帝がこんな優しいキスができるなど、誰が想像できただろう。

ナタリアは赤くなりながら、いまだキスの余韻の残っている額を押さえる。

あの事件以降、リシュタルトの溺愛っぷりは威力を増した。

不器用ゆえ、以前は分かりにくいところがあったが、この頃はド直球でデレてくる。最近はあまりのあからさまな溺愛ぶりに、ナタリアの方がたじたじになってしまう始末だった。

しばらくの間満足そうにナタリアを眺めていたリシュタルトだったが、そのうちなぜかムスッと機嫌を損ねたような顔になった。

「どうかされましたか？」

「そのドレスはお前に似合っているが、花嫁衣裳を連想させる。気に食わないな」

「………」

泣く子も黙る獣人皇帝は、怜悧で判断力に長けているが、ナタリアが絡むとときどき子供のようになる。

だがナタリアは、この頃はそんな彼のいじらしい一面すら愛しく思えるのだった。

「そういえば、お父様」

ナタリアはふと、昨日のイサクとの会話を思い出す。イサクは療養のため城に滞在してからというもの、城での生活が気に入ったのか、そのまま居残っていた。

暇つぶしに獣騎士団の訓練指導などをしているようだが、伝説の獣操師というだけあって、歓迎を受けているようだ。

「イサクおじさんが、お父様の傷はとっくに治ってると言っていたのですけど、本当ですか？」

傷は二十日ほどで癒えると、医師に診断されたのだ。

脇腹はその通りに完治したが、腕はかれこれ一ヶ月包帯をしたままだった。そして怪我をしている方の腕が使いにくいからと、ナタリアを一日中近くに置いて介助を求めている。

リシュタルトの顔が、一瞬ピキッと凍り付いた。

そしてすぐにナタリアから視線を外すと、「そんなわけがないだろう」とそっけなく言い放つ。

「ですよね、こんなにしんどそうなんですもの。イサクおじさんはなにを見てそう判断したのかしら」

「あいつは昔から少し先走るところがあるからな」

納得しているナタリアの横で、娘といたいがために仮病を使っている父がホッと胸を撫で下ろしたのを、彼女は知らない。

夕食前に、ナタリアはようやくリシュタルトから解放された。

ユキの餌を用意しに厨房に向かっていると、二階に差しかかったあたりで、騒ぎ立てる女の声がした。

見ると、アリスが大勢の衛兵に取り囲まれている。

「離して！　私がなにをしたって言うのよ！」

「殿下の食事に薬を混ぜた罪です。裏づけは取れてます。おとなしくついてきてください」

「番の私が、レオン様にそんなことをするわけがないでしょう⁉」

（アリス、捕まっちゃった……）

暴れながら衛兵たちに連行されていくアリスを、ナタリアは居たたまれない気持ちで見ていた。

ダスティン騒動の処置に追われる一方で、レオン獰猛化事件の捜査も続けられていたらしい。

アリス付きの侍女が、レオン獰猛化事件の前日、猛毒を売っている異国の商人と接触していたという目撃証言があった話までは、ドロテから聞いている。

裏づけが取れたということは、本当だったようだ。

（このシーン、知ってる……）

衛兵たちに羽交い絞めにされ、あることないことを罵倒しながら引きずられていくアリスの姿に、ナタリアは焦りを覚えた。

〝モフ番〟で、ナタリアが投獄されるシーンにそっくりだったからである。

だが、ナタリアは今彼女を遠巻きに見ている立場だ。

さんざん恐れたように、ヒロイン力が働いて、ナタリアが代わりに投獄される様子もない。

本来あそこにいるのは自分のはずなのに、まるで夢の中にでもいるようだった。

しきりにわめいていたアリスだったが、ナタリアに気づくと、憎々しげに睨んでくる。

まるで、自分がこんな目に遭ったのはナタリアのせいだとでも言わんばかりの形相だ。

そこでナタリアは、ハッと我に返る。

大事なことを思い出したのだ。

「あの、アリス様。地下牢の床は滑りやすいから、くれぐれもお気をつけになられてくださいね」

「は？　余計なお世話よ！」

荒々しい素の気性を隠そうともせずにわめきながら、アリスは地下牢の方へと連れていかれた。

ナタリアは、死んでほしいと思うほど彼女を嫌ってはいない。

なによりも、床で滑って転ぶなどという死に方は、彼女も浮かばれないだろう。

ナタリアがそうだったから、気持ちは痛いほど分かる。

複雑な気持ちになっていると、背後に人の気配がした。

いつの間にか螺旋階段の上方にレオンがいて、アリスが連れて行かれた方向をじっと見つめている。

その表情は、見たこともないほど悲しげだ。

「お兄様……」

たとえ悪事を働こうと、それでもアリスはレオンの番なのだ。

最愛の番に裏切られた彼のショックは相当なものだろう。

裏切られた苦しみから、リシュタルトは獰猛化の状態に陥り、番の妻を処刑した。

その結果、異性を繁殖目的では愛せなくなってしまったらしい。

兄もそのような状態になるのではないかと、ナタリアはヒヤッとする。

ところがレオンは、ナタリアに気づくなり、安心したようにこちらに近づいてきた。

「お兄様、大丈夫ですか？　その、アリスと会えなくなってしまうから……」

「ああ、そうだね。番と共にいられなくなった獣人は心臓を引き裂かれるような痛みを覚えると言うが、どうやら本当のようだ。だが、僕の場合は内心ホッとしてもいる。不思議な感覚だよ」

そういえば、以前にギルが、番にも合う合わないがあると言っていた。

レオンはアリスを番と認定したが、性格は合っていないようだった。

そのことが幸いしたのか、それともレオンの能天気な性格が影響したのかは分からない。

とにかく獰猛化の状態に陥るほどショックは受けてはいないようで、ナタリアはホッとする。

するとレオンが、ナタリアを見てにこっと微笑んだ。

「きっと、かわいい妹が近くにいるからだろうね。君のおかげだよ、ナタリア」

その日の夜、ギルがナタリアの部屋を訪ねてきた。

トプテ村での事件以降、正体をあきらかにしたギルは、リシュタルトの命令のもと、城の尚書《しょうしょ》として日々仕事に追われていた。

こうして会うのは、半月ぶりだ。

「ナタリア様、しばらくお会いできませんでしたが、お元気でしたか？」

「ええ、元気だったわ」

彼の銀髪と銀色の獣耳には、いまだ違和感がある。

ギルの本当の名前は、クライド・ギルハルク・ブラックウッド。

リシュタルトの異母弟であり、かつてはオルバンス王国の第二王子だった。

だが政権争いの際、リシュタルト派に負け、五歳だったギルは城を追われた。

ギルは獣化能力に長けていたため、リシュタルト派の重鎮たちは、幼い王子が将来復讐をたくらむのを恐れたらしい。

そのため、呪術師に呪いをかけさせ、ギルの獣化能力を封印した。

リシュタルトによく似た銀色の髪に金色の瞳を持っていた少年は、呪いのせいで獣人の証である獣耳と尻尾を失った。それだけでなく、まがまがしい力が災いして、古の悪魔と同じ黒髪とバイオレットの瞳へと変化してしまう。

だがトプテ村でナタリアを救ったあの瞬間、長年彼を苦しめていた呪いが解けたらしい。

ギルは獣化する能力を取り戻した。銀色の髪と耳、それから尻尾も。

けれどもバイオレットの瞳だけは、そのままもとには戻らなかったようだ。

「今夜は月がきれいですので、庭に出ませんか？」

ギルに誘われ、ナタリアは彼とともに、花々の香る夜の庭園に向かった。

彼の言うように、星屑の散らばる夜空に、大きな満月が煌々と浮かんでいる。

ナタリアの一歩前を行くギルの銀髪が、月灯りの中で神秘的に輝いて、見とれるほどに美しい。

「尚書の仕事はどう？　慣れた？」

「ええ、そこそこ慣れました。私としては、そのような役職より、あなたの家庭教師でいる方が何倍もうれしかったですがね」

「お父様はあなたをゆくゆくは尚書長官にして、最終的には宰相を任せるつもりなんだと思うわ。ギルはすごく頭がいいもの、頼りにされてるのね。家庭教師よりもずっと名誉なことじゃない」

「さあ、どうでしょうか？」

歩きながら、ギルが肩をすくめる。

「家庭教師は、あなたと一緒にいる時間が長いですからね。ですが政務をつかさどる仕事で忙しくしていれば、こうしてあなたと会う機会が減ってしまいます。まあ、それが陛下の真の狙いなのかもしれませんけど」

「そんなことはないと思うけど」

ナタリアを溺愛しているリシュタルトなら考えかねないことだが、彼が帝国の頭脳としてギルを片腕にしたがっているのは事実だろう。かねてから彼は、苛烈な運命ゆえに引き裂かれた異母弟とともに国を治めることを、ひそかに望んでいた。

「少し、座りましょうか」

「そうね」

ギルとナタリアは、花壇の真ん中にある噴水の脇に腰かける。

サラサラと水の流れる音が、静寂に包まれた夜の世界に響いていた。

「こうしてナタリア様とふたりで過ごすのは、久しぶりですね」

「ええ。トプテ村から戻ってから、ずっとバタバタしていたものね」

今さらのように、隣でギルが夜空を仰いでいることを意識する。

久しぶりのせいか、はたまた以前とは見かけが変わったせいか、ナタリアは急に緊張してきた。

（なにを話したらいいのかしら）

聞きたいことは、山ほどあったはずだ。

それなのに、彼を前にすると、頭が空っぽになってしまう。

ようやく、この一連の騒動でもっとも気になっていたことを思い出した。

「あの、ギル。ギルは呪いをかけられていたから、獣化できなくなっていたのよね」

「ええ、そうです。陛下は、このことは知らなかったようですけどね。彼の配下の者が、勝手にやったことのようですから」

「でも、どうしてあのとき急に呪いが解けたの？　特別なにかをしたわけじゃないのに」

「私もあのときは驚きましたよ。まさか、長年私を苦しめていた呪いがあっさり解けるとは夢にも思っていませんでしたから」

ギルが、バイオレットの瞳を細めながらナタリアを見た。

銀髪の彼はやはり見慣れないけど、悪くない。

あらためて見ると、血がつながっているだけあって、どこかしらリシュタルトに似ている気もする。

「きっと、あなたをお守りしたい一心で、無意識のうちに自ら呪いを解いたんでしょうね。あなたは私にとって、獣人の本能を呼び覚ましてくれる特別な存在ですから」

「どういうこと？」

ギルがなにを言っているか分からず、ナタリアは首を傾げる。

「あなたがまだ赤ん坊の頃、離宮の裏にある森で、獣化した陛下をご覧になられたと言われてましたよね？」

「ええ、そうよ」

ナタリアは頷いた。

前世の記憶を取り戻した日のことだ。

「そのとき、実は私もその場にいたのですよ。茂みの中に隠れていましたが」

「え、そうなの？　まったく分からなかったわ。でもどうして茂みの中なんかにいたの？」

「憎き異母兄の命を狙っていたのですよ」

ことなげに、恐ろしいことを言うギル。

「お父様の命を？」

「ええ。あの頃の私は、私に呪いをかけた兄を心から憎んでいました。兄の政権を崩壊させようとたくらんでいたダスティンの口車に乗せられたのも、その頃です。そして兄がときどきあの場所にひとりで赴くという情報を耳にして、暗殺のために潜んでいたのです」

「でも、あなたはお父様を暗殺しなかったわ」

「ええ。茂みの中から、あなたを見たからですよ。その瞬間、兄への怨恨はどうでもよくなりました」

「え、私？」

ナタリアは、キョトンとした顔で自らを指さす。

するとギルは、「まだ分かりませんか？」といささか不満げな顔をした。

「あ、赤ちゃんの前では暗殺なんていう残酷なことはできないって思ったのね！」

ハア、とギルが残念そうなため息を吐いた。どうやらハズレらしい。

それからギルは手を伸ばすと、ナタリアの頬に触れた。

いつも主従の距離を保ってきた彼がこれほど大胆なことをするのは初めてで、ナタリアの心臓がドクンと大きく跳ねる。

見慣れたはずのバイオレットの瞳が、見たことのない熱っぽい色を浮かべていた。

「あなたを見たとたん、私の中の本能が、あなたを番と認識したのです。稲妻のように一瞬の出来事でした」

ナタリアは目を見開いた。

私が、ギルの番……？

そんなの、あり得ない。

番なんていうロマンチックな設定は、ヒロインだけの特権のはずだからだ。

「うそ……」

「嘘ではありません。あのときの幸せな気持ちを、今でもはっきり覚えています」

ギルが、言葉通り幸せそうに微笑んだ。

「番という特別な存在が与えてくれる満足感だけではありません。呪いのせいで獣人ではなくなった自分の中に、ちゃんと獣人の本能があったことをあなたは教えてくれました。それからのことは、言わなくても分かるでしょう？」

ナタリアは、走馬灯のように、彼と出会ってからの日々を思い返す。

ギルは、家庭教師としてずっと傍にいてくれた。

ナタリアがつらいときも、傍にいると言い続けてくれた。

「本当に……？」

「本当ですよ。死にそうな思いで気持ちを抑えながら、あなたが大人になるのを待っているのです。ロリコン扱いされたくないですからね」

冗談半分にギルは言うが、その焦がれるようなまなざしは、嘘を言っているようには見えなかった。

本心で自分を欲してくれているのが、にじみ出るような色気から伝わってくる。

知らず知らず、ナタリアの目から涙が流れ落ちていた。

生まれて間もなくから、ずっと逃げなきゃと感じていた。

思うように動かない赤ん坊の身体で、何度も離宮を離れようと頑張った。

だから、茂みに潜んでいたギルの目に留まったのだ。

〝モフ番〟の中で、悪役令嬢ナタリアと、黒幕クライドが会うシーンはない。

ラストでクライドがようやく登場する頃には、ナタリアはひと足先に地下牢の中だったからだ。

ナタリアが赤ん坊の頃から逃げたいと思い続けていなければ、〝モフ番〟のストーリー同様、ギルと出会うことはなかった。

ナタリアの悲惨な運命は、一歳のあの日から、すでに変わろうとしていたのである。

「お嫌ですか？　あなたと私とでは、やや年が離れているので」

ナタリアの涙の理由を勘違いしたのか、ギルが悲しげに言う。

実際はそうかもしれないが、獣人であるギルの見た目は二十歳過ぎといったところ。

ナタリアは、彼の見た目に抵抗などない。

むしろ、美男すぎて恐れ多いくらいだ。

するとギルは、ナタリアの唇を愛しげに指先で撫でながら、柔らかく微笑んだ。

「――お嫌でもいいのですよ。そのときははっきりおっしゃってください。私はすぐにでも、陰からあなたを見守るだけの男になりましょう。あなたは私の番であると同時に、私の運命を変えてくれた尊い存在です。この世のなによりも大事にしたい」

穏やかに言ったあとで、「……ただし、あなたに手を出した男は噛み殺してしまうと思いますが」と低い声でつぶやかれる。

「嫌なんかじゃないわ」

ナタリアは、ゆるゆるとかぶりを振った。

そして涙で濡れた目で微笑みながら、まっすぐにギルを見つめる。

「大人になるまで、本当に待っていてくれる？」

するとギルは目を見開き、みるみる顔を真っ赤にした。

「……当たり前じゃないですか」

リシュタルトに負けず劣らずのモフモフ尻尾が、振り子のようにせわしなく揺れている。それは緊張したときの父の尻尾の動きにそっくりで、ナタリアはうれしくなった。

いつも冷静沈着なギルは、気持ちの変化が読み取りにくいのだ。

だがこれからは、尻尾のおかげで彼の本音に近づける。

「ギル、もしかして緊張している？」

「あなたのせいだ……」

赤らんだ顔を手で隠すように覆いながら、ギルが唸った。

そのとき。

「なにをしている？　近づきすぎだ」

背後から伸ばされた腕に、ナタリアはぐいっと身体を引き寄せられる。

ナタリアを抱きしめ立っていたのは、療養中のはずのリシュタルトだった。

いつの間に忍び寄ったのだろう、気配がまったくしなかった。

「お父様、どうしてここへ？」

「窓からお前たちが見えたから気になってな」

殺伐としたオーラをにじませているリシュタルトを見て、ギルが呆れたように笑った。

「ああそうか。あなたと結ばれるには、年の差以外にもひとつとんでもない関門がありましたね」

「結ばれる？　聞き捨てならん言葉だな。とにかくナタリアはまだ十三歳だ、節度をわきまえてもらう」

リシュタルトは不機嫌に言い放つと、ナタリアの手を引いて歩き出す。

つい先ほどまで不自由そうだったリシュタルトの腕がこともなげに動いているのを見て、ナタリアは首を傾げる。

「お父様、腕の傷はもうよいのですか？」

「ああ、これは……。きゅ、急によくなったようだな」

歯切れ悪く、リシュタルトが答えた。

月灯りの中で、銀色の尻尾が動揺するように激しく揺れている。

その冷徹な見た目には不似合いなフサフサの尻尾は、やはりすごくかわいくて癒される。

（ああ、モフっとしたい。ギルの尻尾もモフモフだけど、やっぱりお父様のモフモフには敵わないわね）

ナタリアは幸せな気持ちでパタパタ動く父の尻尾を眺めながら、大きな掌をぎゅっと握り返したのだった。

# あとがき

こんにちは、朧月です。

今回のメインテーマは、お分かりの通り『パパからの溺愛』です。

父親＝おじさんのイメージしかないのですが、ファンタジーですので、二十代前半にしか見えない爆イケ獣人パパを描きました。「ナタリアがうらやましい！」「こんなパパに溺愛されたい！」を詰め込んでみたのですが、いかがでしたでしょうか？

また、サブテーマは『モフモフ』にしてみました。

動物は狼系がメインという特殊な世界観なのですが、うまく表現できていましたら幸いです。

最近、立て続けにペットを亡くしまして。

三月には二年飼ったハムスターが、六月には実家で十七年飼ったトイプードルが亡くなりました。

ペットが亡くなるのはとても悲しいことですね。ですが、ハムスターちゃんの小さな温もりも、落ち込んでいたときにすり寄ってくれたトイプードルくんの温もりも、今でもたしかに肌に残っています。

消えてしまった小さな命ですが、私の中では永遠です。

そんなことを考えながら、ナタリアとユキの触れ合いを描きました。

悪役令嬢として生まれ、自分の存在価値を見失いながらも、愛されキャラになって自信を取り戻していくナタリア。奮闘する彼女の姿から、少しでも勇気を受け取ってくださったら、と願っております。

最後に、謝辞を。

いつもお世話になっている担当様、素敵な装画を描いてくださったイラストレーター様をはじめ、この本の製作に関わってくださったすべての関係者様に心からお礼申し上げます。

それから、この本をお読みくださった読者様。本当に本当にありがとうございます。

ベリーズカフェさんのサイトにギル視点の番外編を置いていますので、よかったら読まれてみてください。

また、なにかの本でお会いできますように。

朧月《おぼろづき》あき

朧月あき先生への
ファンレターのあて先

〒104-0031
東京都中央区京橋1-3-1
八重洲口大栄ビル7F
スターツ出版株式会社　書籍編集部　気付

朧月あき先生

本書へのご意見をお聞かせください

お買い上げいただき、ありがとうございます。
今後の編集の参考にさせていただきますので、
アンケートにお答えいただければ幸いです。

下記URLまたはQRコードから
アンケートページへお入りください。
https://www.berrys-cafe.jp/static/etc/bb

この物語はフィクションであり、
実在の人物・団体等には一切関係ありません。
本書の無断複写・転載を禁じます。

ベリーズ文庫

# 悪役幼女だったはずが、最強パパに溺愛されています！

2021年9月10日　初版第1刷発行

著　者　朧月あき
©Aki Oboroduki 2021
発行人　菊地修一
デザイン　カバー　ナルティス
フォーマット　hive & co.,ltd.
校　正　株式会社　文字工房燦光
編　集　丸井真理子
発行所　スターツ出版株式会社
〒104-0031
東京都中央区京橋1-3-1　八重洲口大栄ビル7F
TEL　出版マーケティンググループ　03-6202-0386
(ご注文等に関するお問い合わせ)
URL　https://starts-pub.jp/
印刷所　大日本印刷株式会社

Printed in Japan

乱丁・落丁などの不良品はお取替えいたします。
上記出版マーケティンググループまでお問い合わせください。
定価はカバーに記載されています。

ISBN 978-4-8137-1134-6　C0193

# ベリーズ文庫　2021年9月発売

## 『官能一夜に溺れたら、極上愛の証を授かりました』　美森《みもり》 萌《めぐ》・著

フローリストの美海は、御曹司・時田と恋に落ちる。彼と一夜を共にし、のちに妊娠が発覚。しかし彼に婚約者がいることがわかり、美海は身を引くことに…。しかし3年後、地元で暮らす美海の元に時田が現れて⁉　「ずっと捜してた」——空白の時間を取り戻すかのように溺愛され、美海は陥落寸前で⁉

ISBN978-4-8137-1143-8／定価715円（本体650円＋税10%）

## 『クールな外科医はママと息子を溺愛したくてたまらない～秘密の出産だったはずですが～』　夏雪《なつゆき》なつめ・著

密かに出産した息子の頼と慎ましく暮らす美浜。ある日、頼の父親である外科医・徹也と再会する。彼の立場を思ってひっそりと身を引いたのに、頼が自分の子供と悟った徹也は結婚を宣言してしまい…⁉　頼だけでなく美浜に対しても過保護な愛を隠さない徹也に、美浜も気持ちを抑えることができなくなり…。

ISBN978-4-8137-1144-5／定価704円（本体640円＋税10%）

## 『エリート外交官と至極の契約結婚【極上悪魔なスパダリシリーズ】』　若菜《わかな》モモ・著

ドバイのホテルで働く真佳奈は、ストーカーに待ち伏せされていたところを外交官・月城に助けられる。すると彼は契約結婚を提案してきて…⁉　かりそめ夫婦のはずなのに、なぜか色気たっぷりに熱を孕んで迫ってくる月城。真佳奈は彼の滾る愛に陥落寸前で…⁉　極上悪魔なスパダリシリーズ第一弾！

ISBN978-4-8137-1145-2／定価715円（本体650円＋税10%）

## 『極上御曹司に初めてを捧ぐ～今夜も君を手放せない～』　滝井《たきい》みらん・著

自動車メーカーで働く梨乃は、家庭の複雑な事情から自分は愛されない人間だと思っていた。唯一の肉親である兄が心配し、旧友・優に妹の世話を頼むも、それは梨乃の会社の御曹司で…⁉　ひょんなことから、一緒に住むことになったふたり。心と体で深い愛を教え込まれ、梨乃は愛される喜びを知り…。

ISBN978-4-8137-1146-9／定価726円（本体660円＋税10%）

## 『君との子がほしい～エリート脳外科医とお見合い溺愛結婚～』　未華《みはな》空央《そらお》・著

幼稚園教諭として働く男性恐怖症の舞花。体を許せないことが原因で彼氏に振られて消沈していた。そんな折、周囲に勧められて脳外科医の久世とお見合いをすると、トントン拍子に結婚生活が始まって…⁉　次第に久世に凍てついた心と体が熱く溶かされ、舞花は初めて知る愛に溺れて…⁉

ISBN978-4-8137-1147-6／定価715円（本体650円＋税10%）

# ベリーズ文庫 2021年9月発売

『8度目の人生、嫌われていたはずの王太子殿下の溺愛ルートにはまりました』　坂野真夢《さかのまむ》・著

王女フィオナは敵国の王太子・オスニエルに嫁ぐも、不貞の濡れ衣を着させられ処刑されたり、毒を盛られたり…を繰り返し、ついに8度目の人生に突入。愛されることを諦め、侍女とペットのわんこと楽しく過ごそう！と意気込んでいたら…嫌われていたはずの王太子から溺愛アプローチが始まって…!?

ISBN978-4-8137-1148-3／定価748円（本体680円＋税10%）

『悪役幼女だったはずが、最強パパに溺愛されています！』　朧月《おぼろづき》あき・著

前世の記憶を取り戻した王女ナタリア。実は不貞の子で獣人皇帝である父に忌み嫌われ、死亡フラグが立っているなんて、人生、詰んだ…TT　バッドエンドを回避するため、強面パパに可愛がられようと計画を練ると、想定外の溺愛が待っていて…!?　ちょっと待って、パパ、それは少し過保護すぎませんか…汗

ISBN978-4-8137-1134-6／定価726円（本体660円＋税10%）

# ベリーズ文庫 2021年10月発売予定

Now Printing

『離婚前提の契約結婚のはずですが!?～懐妊妻はエリートパイロットの寵愛に溺れる～』 紅《くれない》カオル・著

航空会社のグランドスタッフとして働くウブな美羽は、心配性の兄を安心させるため、利害が一致したエリート機長の翔と契約結婚をすることに。かりそめの関係だったはずなのに、体を重ねてしまった夜から翔の態度が急変！真っすぐな愛情を向けられ戸惑う毎日。そんなとき美羽の妊娠が発覚し…!?

ISBN 978-4-8137-1158-2／予価660円（本体600円＋税10%）

Now Printing

『極上悪魔なスパダリシリーズ　弁護士編』 佐倉伊織《さくらいおり》・著

パワハラ被害にあっていたOL・七緒は、弁護士・八木沢と急接近。口ではイジワルな態度で七緒を翻弄する八木沢だが、肝心な場面で七緒を守ってくれる八木沢。2人は反発しあうも徐々に惹かれあい、恋に落ちる。やがて七緒は2人の愛の証を身ごもると、溺愛は加速するばかりで…。人気シリーズ第2弾！

ISBN 978-4-8137-1159-9／予価660円（本体600円＋税10%）

Now Printing

『離婚から始めましょう』 高田《たかだ》ちさき・著

恋愛経験の少ないウブな和歌は、お見合いでイケメン社長・慶次と出会う。断ろうと思っていたのに、トントン拍子に話が進み結婚することに。しかし、同居後迎えると思った初夜、ドキドキしているのに彼は姿を現さない。その後も接触がなく離婚を考えていたのに、ある日彼の過保護な独占欲が爆発して…!?

ISBN 978-4-8137-1160-5／予価660円（本体600円＋税10%）

Now Printing

『サレ妻の私を幼馴染の御曹司が奪いにきました』 砂川雨路《すながわあめみち》・著

宮成商事のご令嬢として、お嫁にいくために生きてきた里花。昔、恋心を抱いた奏士がいたが、その気持ちも封じ込めていた。その後、お見合いで知り合った男性と結婚するが、浮気やモラハラに悩まされ…。そんな折、社長になった奏士と再会。里花は徐々に心を絆され、抑え込んでいた恋心が疼きはじめて…。

ISBN 978-4-8137-1161-2／予価660円（本体600円＋税10%）

Now Printing

『大好きな旦那様～たとえ子づくり婚だと言われても～』 宝月《ほうづき》なごみ・著

社会人2年目の悠里は、御曹司で部長の桐ケ谷に突然プロポーズをされる。彼が周囲から跡継ぎを熱望されていると耳に挟み、自分は跡継ぎを残すために妻に選ばれたのだと思い込んで…!?　「今すぐにでも、きみとの子が欲しい」――子作り婚だと分かっていても、旦那様から一身に受ける溺愛に溺れていき…。

ISBN 978-4-8137-1162-9／予価660円（本体600円＋税10%）

タイトル、価格等は変更になることがございますのでご了承ください。

# ベリーズ文庫 2021年10月発売予定

Now Printing

## 『平凡な私の獣騎士団もふもふライフ4』 百門一新《ももかどいっしん》・著

獣騎士団至上初の女性隊員・リズは団長ジェドと婚約中！　人目をはばからず注がれる溢れんばかりの溺愛に、リズは翻弄されながらも幸せいっぱい。しかし結婚式の準備を進める中、王都では「魔女」と名乗る人物の不穏な影が…。平凡女子がもふもふと力を合わせて大活躍！　シリーズ堂々完結の第四弾！

ISBN978-4-8137-1163-6／予価660円（本体600円＋税10%）

Now Printing

## 『追放された令嬢は、呪われ公爵の最愛になる』 吉澤《よしざわ》紗《さ》矢《や》・著

王太子の婚約者だった令嬢のアレクシア。とある濡れ衣をかけられ、婚約破棄された挙句、王都を追放されてしまい…!?　新たな輿入れ先は、民衆から忌み嫌われている公爵のメイナード。お先真っ暗な人生だったけど、チート能力を活かして薬師を目指していたら、メイナードから溺愛が止まらなくなって…!?

ISBN 978-4-8137-1149-0／予価660円（本体600円＋税10%）

タイトル、価格等は変更になることがございますのでご了承ください。

電子書籍限定

恋にはいろんな色がある。

# マカロン文庫 大人気発売中!

通勤中やお休み前のちょっとした時間に楽しめる電子書籍レーベル『マカロン文庫』より、毎月続々と新刊発売中! 大好きな人に溺愛されるようなハッピーな恋から、なにげない日常に幸せを感じるほのぼのした恋、届かない想いに胸が苦しくなる切ない恋まで、そのときの気分にピッタリな恋が見つかるはず。

[話題の人気作品]

御曹司に官能的に迫られ、陥落寸前…!?

『御曹司は初心なお見合い妻への欲情を抑えきれない』
pinori・著 定価550円(本体500円+税10%)

エリート弁護士に愛の証を刻み込まれ…

『敏腕弁護士は濡甘な夜にウブな彼女を攻め堕とす【ハイスペック男子シリーズ】』
吉澤紗矢・著 定価550円(本体500円+税10%)

外科医から溺愛される至極のシークレットベビー!

『秘密で子育てしていたら、エリート外科医が極上パパになりました』
伊月ジュイ・著 定価550円(本体500円+税10%)

「俺に溺れさせてやる」——御曹司の滴る蜜愛を刻まれて…

『かりそめ蜜夜 極上御曹司はウブな彼女に甘い情欲を昂らせる』
日向野ジュン・著 定価550円(本体500円+税10%)

各電子書店で販売中

電子書店パピレス　honto　amazonkindle
BookLive!　Rakuten kobo　どこでも読書

詳しくは、ベリーズカフェをチェック!

小説サイト Berry's Cafe
http://www.berrys-cafe.jp

マカロン文庫編集部のTwitterをフォローしよう
@Macaron_edit 毎月の新刊情報をつぶやきます♪

# Berry's COMICS
ベリーズコミックス

各電子書店で
単体タイトル
好評発売中!

『ドキドキする恋、ありませす。』

NEW

『お気の毒さま、今日から君は俺の妻①~⑤』
作画:孝野とりこ
原作:あさぎ千夜春

NEW

『お見合い婚にも初夜は必要ですか?①~③』
作画:とうもり
原作:砂川雨路

NEW

『蜜愛婚~極上御曹司とのお見合い事情~①~②』
作画:シラカワイチ
原作:白石さよ

NEW

『お見合い婚~俺様外科医に嫁ぐことになりました~①~②』
作画:南香かをり
原作:紅カオル

NEW

『恋と嘘は隠せない①』
作画:真田ちか
原作:白亜凛

『狼社長の溺愛から逃げられません!①~④』[完]
作画:迎 朝子
原作:きたみまゆ

『【社内公認】疑似夫婦―私たち(今のところはまだ)やましくありません!―①~③』[完]
作画:青井はな
原作:兎山もなか

『極上パイロットが愛妻にご所望です①~③』
作画:いちかわ有花
原作:若菜モモ

電子コミック誌

comic Berry's
コミックベリーズ

各電子書店で発売!

毎月第1・3
金曜日
配信予定

amazonkindle　コミックシーモア　Renta!　dブック　ブックパス　他

小説サイト
Berry's Cafeの人気作品がボイスドラマ化！

豪華声優陣が出演!!

溺愛ボイスドラマ×ベリーズ男子

『キミは許婚』
by 春奈真実

『秘書室室長がグイグイ迫ってきます！』by 佐倉伊織

『副社長は溺愛御曹司』
by 西ナナヲ

1話はすべて完全無料！

App Store からダウンロード
Google Play で手に入れよう

アプリストアまたはウェブブラウザで
ベリーズ男子 検索

【全話購入特典】
・特別ボイスドラマ
・ベリーズカフェで読める書き下ろしアフターストーリー

最新情報は公式サイトをチェック！

※AppleおよびAppleロゴは米国その他の国で登録されたApple Inc.の商標です。App StoreはApple Inc.のサービスマークです。※Google PlayおよびGoogle Playロゴは、Google LLCの商標です。